ナンパモブがお仕事です。
～フラれに行ったらヒロインとの恋が始まった～

やまだのぼる

PASH!文庫

目　次

1.「よかったあ、親切な人がいて」

駅前の広場は、今日も賑やかだった。

老若男女、たくさんの人たちが行きかう中、俺たちは人ごみを突っ切って真っ直ぐに目的の女の子に向かって歩いていく。

見るからに柄の悪い男二人が肩で風切って歩くのだ、通行人たちはたいがい勝手に道を空けてくれた。俺たちの向かう先には、人待ち顔で立っている女の子が一人。

「ねえねえ、一人なの〜？　俺らと遊びに行こうよ♪」

軽薄な笑顔とともに、俺はそう声を掛けた。

いやいや、一人なわけないでしょ。

こんな可愛い女の子が、ばっちりおめかしして待ち合わせの聖地みたいなこの駅前広場に一人でいるわけない。

絶対、誰かと待ち合わせてる。

そんなことは俺も、俺の相棒のA太も重々承知の上だ。

「いいえ、結構です」

案の定、女の子は硬い表情で首を振ると、俺たちから顔を背ける。

ほら、やっぱり。

だけどこっちもそんなことじゃ引き下がらない。俺たちがそんな引き際を心得た奥ゆかしい男だったならば、物語は始まらないのだ。

「いやいや、そんなこと言わないでさぁ」

俺は彼女が顔を背けた方に回り込んで、にちゃっとした笑顔を作る。

「俺、いい店知ってんだよねぇ。そこ、景色きれいなんだよ」

「困ります」

女の子がうつむく。

「困った顔も可愛いなー」

A太がへらへら笑う。

「ねえ、芸能人に似てるって言われたことあるでしょ」

「あ、それ俺も思ったわ」

俺は女の子の頭越しにA太とハイタッチする。

「誰だっけ、ほら今ドラマに出てるあの女優」

それが誰かなんて、言ってる俺にも分からない。そもそも俺はドラマなんて見ない。言ってることは全部適当だ。

「絶対楽しいからさー」

女の子の肩に馴れ馴れしく手を掛ける。

「え、あの、ちょ」

女の子が泣きそうな顔をする。おーい、そろそろ来ないとまずいぞー。

「ほらほら、悩んでる時間がもったいないって」

A太が女の子の手を取ると、さすがに女の子から悲鳴のような声が漏れた。

「やめてくださっ……」

「ごめん、待たせたな」

俺たちの背後から急に男の声。

「あ?」

振り返ると、しゅっとした体型のイケメンが立っていた。ぼんやりした適当なヤカラ風スタイルの俺たちと違い、上から下まで完璧に決まっている。背も、俺たちより頭一つ分くらいは高い。

「お……」

切れ長の鋭い眼で見下ろされ、俺はちょっとたじろいだ。前回のヒーローは純情不器用くんだったから、ちょっと油断してたぜ。今回のはワイルド系じゃん。

「お前ら、俺の彼女に何か用か」

低い声で凄まれて、俺は慌てて首を振る。

「あっ、いえ別に」

「ちょっと道を尋ねてただけで」

A太も言う。

「なっ」

「そうそう。それじゃ僕ら、急ぐんで」

俺たちはへらへらと愛想笑いを浮かべて、足早にその場を後にする。

「えっと……あの」

背後で女の子が戸惑った声を上げている。

「あんた、困ってたんだろ?」

そっけない男の口ぶり。

「彼女なんて言って悪かったな」

「あ、いえ、そんな。……ありがとうございました」

なるほど、今回はナンパ野郎に絡まれてた女の子を、彼氏のフリして助ける不愛想な男っていうパターンか。まあ、後はうまくやってくれ。

この物語における俺たちの役割はここまで。もう二度とこの物語に登場することはない。名もなきモブ。それが俺たちナンパ野郎の立場だ。

「B介、次の仕事来たぜ」

路地の縁石に座ってコーラを飲んでいたA太がスマホの画面を見せた。

「はいはい、次は午後2時から駅前広場で三件ね」

俺は地面に飲みかけの缶コーヒーを置いて伸びをする。

「次はどんなかわいい子たちかなっと」

A太、B介。これは別に俺たちの名前じゃない。呼び名がないとお互いに不便だからそう呼び合ってるってだけの話だ。俺たちモブには、名前なんてないのだ。

勤めているモブ派遣会社を通して何人もの作者と契約して彼らの物語に出演しているが、今までにどの作者からも名前を付けてもらったことはない。

この仕事を始めたばかりの頃は、「色んな作者から物語によって色んな名前を付けられちゃうから、混乱しないようにね」なんて会社の人に言われて、その気になって名前用のメモ帳なんか買ったものだが。あのメモ帳、とうとう一文字も書かないままどっかにいっちまった。

そう、俺たちは最底辺のモブだ。

最底辺も何も、モブはモブだろうって？

皆さんご存じかどうかは知らないが、モブにもランクってものがある。

主人公の同級生とか同僚とかだったら、モブとはいえ作者の気まぐれで名前が付くこともあるし、そうでなくても継続して同じ物語に呼んでもらえることが多い。だが俺たちナンパ野郎は、常に名無しの単発仕事をこなすモブだ。顔も良くないし頭も悪い。まともに学校も行ってないし、会社勤めもしたことのない俺には、同級生役も同僚役もできない。元々、できるモブは二つしかなかった。

異世界系の盗賊か、現実世界系のナンパ野郎。

最初に会社の人から、どっちがいいかと言われて俺はナンパ野郎を選んだ。盗賊の方が給料は少しだけいい。大体の現場で落命手当がつくからだ。序盤も序盤、第一話とかでお姫様か誰かが乗った馬車を襲撃する盗賊役は、颯爽と現れたヒーローにあっという間に惨殺されるパターンがほとんどだ。

作中とはいえ殺されるのがとにかくきついので、軟弱者の俺はナンパ野郎にした。プライベートではナンパなんてしたことないが、まあ仕事と割り切ればできないこともない。

それに、ナンパ野郎なら落命手当が出るところまでいくことはまずない。たまにバイオレンス系の作風だとヒーローとケンカになったりすることもあるにはあるが、それで死んじゃうと、現実世界系では読者が引いてしまうからだ。だって、嫌でしょ？　ナンパしただけで殺されるような世紀末無法世界。

異世界系だと、盗賊を助命するとかえって読者からクレームが出ることもあるそうだから、難しいものだ。

盗賊にしろナンパ野郎にしろ、共通しているのは、出番は一度きりでもう二度とお呼びがかからないということ。だから毎回毎回、新しい現場。これが最底辺たる所以なのだが、やっぱりこの仕事は継続的に呼んでもらえないと経済的に安定しない。

盗賊モブの中には、冒頭の戦闘で主人公に見逃されて、その後主人公のピンチに恩返しに現れて命を落とすというそれはもうおいしい役をもらった、伝説のゾークさんという人もいるのだが、ナンパ野郎の方には残念ながらそういう有名人はいない。

ゾークさんはほかの作品にもたくさんモブとして出演しているのだが、モブの仲間内では今でも敬意を込めてその作品での役名で呼ばれている。

盗賊だからゾーク。作者がモブの名前にかける手間なんてその程度のものだが、それでも一度でいいから俺も名前なんて付けてもらいたいものだ。

「あーあ。俺もやっぱり盗賊にしとけばよかったかなー」

俺が言うと、A太は肩をすくめた。

「やめとけやめとけ。俺の知り合いなんか、こないだの仕事で主人公の出した炎に一瞬で焼き尽くされて、元に戻るのに一週間かかったって言ってたぜ」

「うへえ、一週間収入なし？　きっつ」

「主人公も考えてほしいよな、こっちにも生活があるんだからさあ」

「なー。かっこよく剣とかで斬り捨ててくれりゃ十分じゃん」

「それだと派手さが足りないんだってさ」

「炎だと効果音がでかいもんなー」

いやー、いくら手当がついても俺には無理だ。ただでさえ、いつどこで命を落とすかわからないこんな仕事のせいで、保険にも入れないんだから。

「やっぱナンパ野郎にして正解かー」

「こっちはせいぜい殴られるくらいですむからな」

A太はごてごてとしたバッタもんの腕時計を見た。

「よし、そろそろ行こうぜ」

「了解」

俺は缶コーヒーを飲み干してゴミ箱に放り込むと立ち上がった。

「行かないって言ってるでしょ。あんまりしつこいとそのにやけた唇、剥ぎ取って捨てるよ」

アイドルみたいな可憐な女の子の突然の豹変に、俺とA太は「ひっ」と声を上げて後ずさる。

「あたし、今ちょっと苛ついてんの。ほら、どっちが先でもいいよ。顔出しな」

女の子にそう凄まれて、俺たちは顔を見合わせてふるふると首を振る。

「す、すみませんでしたー！」

きれいにハモった叫び声とともに、俺たちは駅前広場から這う這うの体で逃げ出した。流れるようなコンビネーション。相変わらず、俺とA太の連携は完璧だ。

この這う這うの体ってやつがまた難しいんだ。これぞ這う這うの体！ って満足のいく這う這うの体ができるようになったのってつい最近の話だね。

逃げていく途中で、眼鏡をかけたクールなイケメンとすれ違う。あ、こいつがこの物語のヒーローだな。

この線の細そうな彼が、あの凶暴な美少女とこれからどんなストーリーを展開するんだろ、なんてちらっと興味が湧いたが、俺たちにはもうそれ以上の出番は与えられていない。彼らの視界から外れたところで、物語からフェイドアウトした。

「お疲れ」

「お疲れ」

どちらからともなくそう言い合って、時間を確認する。これで二件完了。いいペースだ。この時間帯にこなすのは残りあと一件だ。

最初の一件目は、彼氏と一緒に歩いている女の子をナンパするという、かなり無理のある展開だった。仕方なく俺たちも少しヤカラ度合いを上げて対応した。

「うっわ、マジ可愛い！ エロい！ ゲーノージンみてえ！」

「ねえ、そんなダサい彼氏ほっといて俺たちと遊ぼうよ！」

「知り合いのやってるすげえいい店があるからさあ！」

そんなことを叫びながらカップルの周りにまとわりつく。白昼堂々駅前でこんな野蛮なナンパを敢行するモブが、その後も物語に留まれるわけはないので、俺たちは普段は大人しくて優しい彼氏が実は男らしい一面を持っていたという彼氏の株爆上がりな場面と引き替えに退散した。

そして二件目がさっきの凶暴お嬢さん。

さて、三件目はっと。

「あ、わりいB介」

スマホを確認したA太が言った。

「次、単独だ」

「単独？」

マジか。

ナンパ野郎はなぜかだいたい二人一組で行動しているので、そういった形での依頼が多いのだが、まれに一人とか五人グループとかそういう依頼もある。単独ってことは、一人でナンパする仕事なのだ。

「俺、今日この後別のバイトがあるんだわ」

申し訳なさそうな顔をしたA太が、俺に片手で拝んでくる。

「B介、頼んでいいか？」

「ああ、いいよ。別に」

　こういうことはお互い様だ。

「ちゃちゃっと振られてくるからよ。A太はあがっていいぜ」

「わりぃ。今度おごるわ」

　そう言ってA太が去った後、俺はスマホのアプリを開いて三件目の仕事をタップし、俺がこの仕事を受けることを会社に送信。それから現場である駅前広場に戻ってきた。もうこの時点で、ここはさっきとは別の物語世界だ。あの凶暴お嬢様はどこにもいない。

　物語が違うのに、おんなじ服装で出ていいのかって？

　もちろんたまには服装指定が入ることもあるが、モブのナンパ野郎ってのは、だいたいヤカラっぽい服を着ておけば間違いないのだ。その証拠に、この三件とも同じ服装だが作者さんからの修正は一件も入っていない。

　俺たちの描写なんてのは、「チャラそうな若い男」とか「ガラの悪そうなナンパ男」なんてのがせいぜいで、いちいち顔がどうの服がどうのなんて書かれたりはしない。地の文にナンパモブの服装を詳しく描写したところで物語のノイズにしかならないということだろう。

ちなみにどのナンパ現場も同じ駅前だが、それも単に「駅前」とだけ書かれていて特別な記載がないのなら同じ場所を使おうというだけの話だ。

ナンパのターゲットはすぐに分かった。

大きなスーツケースを持って、一人で所在なげに立っている女性。年齢は二十代前半くらいだろうか。誰かと待ち合わせしているという感じではない。

物語のヒロインだけあって整った顔立ちだけど、どこかの田舎から出てきたばかり、という感じの素朴な垢抜けなさがある。

なるほど。これは、都会に出てきたらいきなり訳の分からないナンパ男に迫られて「ふええ」ってなってるところをヒーローに救われるというパターンと見た。

俺はよく物語の展開をそんな風に勝手に予想するが、実際に自分の出た物語の顛末を聞いたことは一度もない。会社からも教えてはもらえない。モブに余計な知恵を付けさせてはいろいろと面倒なのだろう。

ただ、どの作者からもクレームを受けていないので、物語の歯車としてナンパ野郎の役割はきちんと果たせているのだろう、とそう思うだけだ。

さあ、それじゃあ今回も俺の役目を果たしましょうか。俺は軽いにやけ顔を作ると、跳ねるような足取りで彼女に近付いた。

「こんにちは♪」

語尾に音符マークがくっ付くくらいの軽さ。これも日頃の訓練の成果だ。

「おっきい荷物持って大変だね。どこ行くの？　手伝ってあげよっかー？」

そう言いながら、彼女の返事も待たずにスーツケースの持ち手に手を伸ばしている。当然ここで彼女は「え？」と警戒心も露わに俺から離れようとするか睨みつけるかしてくるので、俺はそれにも構わずさらにしつこくナンパを……

「いいんですか？」

え？

「よかったあ、親切な人がいて」

俺を出迎えたのは、まるで太陽のような笑顔。

「こんな大きな駅で降りたことないから、困ってたんです。出口がいっぱいあるんだもの」

待て。待て待て待て。ちょっと作者の人？

「あの、それじゃ私あそこの地図見てくるので、これ見ててもらっていいですか？」

彼女はそう言うが早いか、俺にスーツケースを預けて駅前の案内図に向かって走り出した。

「え、あの」

俺は声を掛けようとしたが、もう遅かった。スカートでそんな走り方したら見えちゃうよ、などとこの俺が柄にもなく心配しちゃうようなスポーティな走り方で、彼女はあっと

いう間に走り去ってしまった。

俺の手元には、あの子の水色のスーツケース。ヒロインがモブに大事な荷物を預ける謎の展開。なんだこれ。

いや、まずいって。こんなに主人公の子と絡んじゃやばいよ。こんなのは、名前のある奴の仕事だって。

かといってスーツケースを放り出すわけにもいかない。予想外の事態に、俺は呆然とその場に立ち尽くす。

「すみませーん、ありがとうございましたー！」

しばらくして、彼女が帰ってきた。輝くような笑顔。かわいい。

水色のかわいらしいスーツケースの持ち手をしっかりと握ったままぼんやりとたたずむヤカラ風の男の姿は、さぞかしシュールだったことだろう。

いいのか、作者さん。こんな展開で。俺に割くページもったいないだろ。っていうか、文字数の水増しか何かですか。

そこまで考えて我に返る。いかんいかん。この子のペースに呑まれたらだめだ。

俺はモブマニュアルの、ヒロインタイプ一覧のページを思い起こす。そうか、この子はあれだ。天然タイプってやつだ。人の悪意を感じ取る能力に著しく欠けた、ぽやんとした感じの女の子なんだ。鈍くさくて空気が読めないけど、そこが魅力でもあるタイプの子。

今まで俺がナンパしてきたヒロインにはあまりいなかったタイプの子だから、記憶から薄れかけていた。ヒロインの五大類型の一つじゃん、てへへ。

それが分かったので、俺は自分のペースを取り戻した。危ない危ない。親御さん、俺だったらこんなぽやんとした子、一人で都会に出さないぜ。

きっと天然な子には天然な子なりのヒーローが用意されているのだろう。普段は不愛想なくせに、やれやれまったくお前は、とか言いながらかいがいしくお世話を焼いてくれるツンデレタイプみたいな感じの。知らんけど。

だが、彼女が天然タイプと分かれば話は早い。俺とのこのちょっと間抜けなやり取りは、彼女の天然さを強調するためのエピソードだったに違いない。あからさまなナンパクズにも警戒しないで大事な荷物を預けてしまううっかり天然さん、みたいな。つまり俺は、その魅力にやられて思わず柄にもなく付き合っちゃうナンパクズってところだ。

っていうか、そうならそうと会社の人も前もって言っといてくれよな。俺としたことが、ちょっと焦っちゃったじゃん。

「あの地図見てきたけど、全然分かりませんでした」

そんなことを言って、てへへと笑う女の子を前に、俺は己の役割を全うすることにした。

「行く場所が分かんないんならさ、俺と一緒に遊びに行こうよ」

にやにやと下心丸出しの笑顔で、俺は言った。

「今日出会った記念におごってあげるからさぁ。楽しいよー？」

絶対こんな奴についてっちゃだめだ、というお手本のようなナンパ。我ながらいい仕事をしている。

「えっ、いいんですか」

彼女の顔がぱっと輝いた。

「私、行ってみたいところたくさんあるんです！」

「おう、いいよいいよ。どこでも行こうよ」

ほら、天然の無防備な子が、タチの悪いナンパ男に連れ去られようとしている。連れ去られようとしていますよ！　この物語のヒーローさん！　そろそろ助けに来ないと、本当に連れ去っちゃいますよ！

「じゃあさ、とりあえず眺めのいいお店にでも行こっか」

俺はそう言って、もう一度手を伸ばして彼女のスーツケースを自分の方に引き寄せる。荷物を確保して、逃げられなくしちゃう戦法。まあ、なんてタチが悪い。

ほら。タチが悪い男ですよ。だめ押しで、彼女に見えないようにこっそりと下品に笑ってみせる。こりゃついてるぜ。今日はこの子に、あんなことやこんなことをたっぷりしてやるぜ。げへへ。

……まだ来ない。今回の作者さんはずいぶんぎりぎりまで引き付けるタイプだな。

「やったー、すごい！」

彼女が両手をあげてばんざいした。

「いいんですか⁉」

いいや、俺が聞きたいよ。いいんですか⁉　だけど、彼女はきらきらしたおめめで俺を見上げてくる。うっ……可愛い。可愛いけど、困る。なんだろう、これはあれか。店に行く途中でヒーローにインターセプトされるパターンか。

「じゃあこっちこっち。絶対退屈させないからさぁ」

えーい。ナンパの邪魔が入らない以上、ヒーローが来るまでは俺がこの子を連れて歩くしかない。

「わーい、楽しみです！」

能天気に俺を見上げる女の子。これはもう、いくところまでいくしかねえな。覚悟を決めて、俺は歩き出した。

おしゃれなカフェで、彼女が一度食べてみたかったというパンケーキを食べた。

「すごい！　ネットで見たのと一緒！」

彼女はそう言って満面の笑みを浮かべる。下のパンケーキが見えなくなるくらいにこれでもかと生クリームがかけられたそれは、こないだたまたまテレビで見た古代都市ポンペイとベスビオ火山の火砕流みたいで、俺は内心、うへえ、となったのだが、彼女はナイフとフォークを手に、元気よくぱくぱくと食べ始めた。

「おいしい！」

一口ごとに幸せそうに笑う。その顔がまた、めちゃくちゃ可愛い。ヒロインってすげえな。

俺は普段、仕事で女の子の笑顔を見ることはほとんどない。ましてや笑顔を向けられることなんて皆無だ。まあ、言ってしまえば女の子の笑顔を凍り付かせるのが俺たちの仕事だからね。

女の子に冷たくされることにすっかり慣れてしまって忘れかけてたけど、やっぱり女の子ってのは笑ってるときが一番可愛いんだよな。柄にもなくそんなことを思う。こんなキラキラした女の子の笑顔が自分に向けられたら、そりゃあ物語だって始まっちまうだろうよ。

もし、自分にも彼女が出来たら。俺はぼんやり考えた。そしたらそれはもちろんこの子みたいにキラキラしてはいない、モブの俺に釣り合うモブの女の子なんだろうけど。だけどとにかく、良く笑う子を選ぼう。仕事で笑ってもらえない分、すごく良く笑ってくれる子を。生クリームで軽く胸焼けしながら、俺はそう思った。

「おいしかったー！　えっ、おごり？　本当にいいんですか、ごちそうさまです！」

無邪気に喜ぶ彼女を連れて、次に向かったのはボウリング場だ。

「わー、ボウリングなんて高校生のとき以来かもー!」

ボウリング場でも彼女のテンションは天井知らずだった。

「ひゃー、ボウリングシューズ懐かしいー!」

「ボウリングの玉、重いー!」

「向こうのレーンの人、うまいー!」

目に入るあらゆるものに喜んでくれる。なんて楽ちんな子なんだ。

「名前、どうしますかー?」

画面に映るスコアの名前入力画面。彼女が無邪気に尋ねてくる。

……名前。名前か。

「適当でいいよ。じゃあ『あなた』と『わたし』で」

「何ですか、それ。おもしろいー」

彼女はまたころころと笑ってくれる。いい子だな。

俺はモブなので、別にボウリングもうまくはない。かといって笑いが取れるほどに下手でもない。三回に一回くらい地味にスペアを取って、合間に一回くらいストライクを挟む。一般人として可もなく不可もなくのスコアだ。

彼女はというと、これはもうびっくりするくらいに下手だった。あんまりにも下手でこっちが見てらんなくて、2ゲーム目は子供用のガター防止柵を立ててもらったほどだ。

そのおかげで彼女は、人生で初めてストライクを取れた、と飛び上がって喜んでいた。いや、ピンに届く前に柵に二回当たってるわけだが。まあ、ストライクといえばストライクか。うん。

で、その間ずっと俺は下心ありのいやらしい顔をしていた。ボウリングの球を投げるたびにスカートから覗く生足がたまらん。じゅるり。

だが。

……来ない。来ないぞ、ヒーロー。

ボウリング場を出る頃には、すっかり日も落ちてしまっていた。次に入った夜景の見える居酒屋で乾杯しながら、俺は内心焦っていた。

これって外形的にはナンパ成功してませんか？

いや、俺はモブだからね？　モブはナンパ成功しちゃだめなんだよ。成功して本当にいやらしいことするのは、ちゃんと名前のある人たちの役目なの。名前がない人たちがいやらしいことする物語は18禁なの。そっちは俺の契約外なの。

だが、俺の混乱をよそに、彼女は順調に杯を重ねていき、ろれつも徐々に怪しくなっていく。

「はあ……このカクテルもおいしい」

そんなことを言って、ほんのり赤くなったほっぺたに手を当てる。無邪気な子だとばかり思っていたけど、そんな仕草は色っぽくて、やっぱりもう二十代なんだよなと思う。

「いい飲みっぷりだねぇ、もっと飲んじゃいなよ」

「えぇー、いいんれすかー」

彼女の目がとろんとしてきている。これはまずい……。

「どーしよー。ええっとじゃあこの初恋サワーっていうのにしようかなあ」

そう言いながら彼女が、うふふふふ、と笑う。これはまずいこれはまずいコレハマズイ。

「やっぱりそろそろ出ようか」

彼女の足元がおぼつかなくなる前に、俺は居酒屋を出た。ここまでの会計はもちろん全部俺持ち。おいおい、今日一日でナンパモブの給料七回分くらいの金使ってるぞ俺。

「あー、楽しかった」

心から楽しそうに彼女が言う。それはよかった。それはよかったけれども。

「次はどこ行こうか」

もう一軒くらい行っちゃったら、あとはホテル行くしかないぞ。マジでどうすんだ、これ。

「お兄さん。あの、実は」

彼女が手をびしりと挙げた。

「私、行かなきゃいけないところがあるんです」

そりゃそうだろうね。何の用もなくスーツケース持って都会に出てこないだろ。

「おう。どこ行きたいのよ」

「駅前のアパート。今日から住み始めるんですけど」

そう言って彼女は鍵とメモ紙をポケットから取り出す。

「駅前にそのアパートがなくってですね」

「えー?」

アパートがないって、んなバカな。メモ紙に住所が書いてあった。最寄り駅の名前も。

……。え?

「これ、駅が違うよ」

「ほえ?」

「一個先の駅じゃん」

「えー?」

彼女は目を丸くしている。

「ここって水無月（みなづき）駅じゃないんですかー?」

「違うよ、ここは皐月（さつき）駅。水無月駅はもう一個先だよ」

「そんなあ」

彼女がへなへなとその場に座り込む。なるほど、そういうことか。ようやく分かったぞ。

「よし、駅行こう、駅」

俺は彼女の手を取って立ち上がらせる。電車、まだ間に合うかな。ぎりぎりな気がするぞ。

「急げば間に合うはずだから」

つまり、これはあれだ。この子が天然過ぎて降りる駅を間違えちゃったから、本来降りるはずの駅で出会うべきヒーローと出会えてないと、そういう事態なんじゃないだろうか。だからそれならそうと作者が言えって！　モブに察せるわけないだろ、そんなこと！

とにかくリカバリーだ。物語をあるべき方向に戻さないと。彼女の手を引いて早足で歩き出したが、ごろごろと間抜けな音を立てるスーツケースが、非常に邪魔だ。

「ああ、もう！」

俺はスーツケースを担ぎ上げた。

「えっ」

彼女が目を丸くする。

「お兄さん、すごいパワー」

確かに、何が入ってるのっていうくらいスーツケースは重かった。でも、今はそんなこと言ってる場合じゃない。

「ほら、早く早く」

俺はちょっとふらふらしてる彼女の手を引いて駅へと急いだ。

「おら、どけどけ」

酔っぱらったサラリーマンをどかして、人ごみの中を突っ切る。こういう時に、このヤカラスタイルは非常に役に立つ。

駅の電光掲示板を見ると、まだ終電は出ていなかった。セーフ！　俺、セーフ！　ナイスリカバリー！　券売機で切符を買ってやり、スーツケースと一緒に彼女に手渡す。

「ほら、これ。次の電車、7分後だから急いでホーム上がって」

「お兄さん、ありがとう」

彼女は何だかぽーっとしたような顔で俺を見ていた。

「全部おごってくれて、駅まで連れてきてくれて、切符まで。すごく親切……都会の人は冷たいって聞いてたのに」

「そんなこと言ってる場合じゃないだろ。ほら、急げって。ホーム間違えんなよ」

ヤカラに追い立てられる可愛い女の子。通りすがる人たちも珍しそうに見ている。

「待って、お兄さん」

急に彼女が俺の手を握った。

「私、能勢梨夏（のせりか）っていいます」

そう言って、何だか潤んだ目で俺を見上げる。

「お兄さんの名前教えてください」

「え?」

俺の名前。

俺は思わず彼女の目を見つめた。お酒でピンクに染まったほっぺたが可愛い。でも目は真剣そのもので、真っ直ぐに俺を見つめている。

「お願いです。今日出会った記念に」

昼間、俺が適当に言った台詞。まさかそれを彼女に使われるとは。

いつも女の子からは嫌悪の目ばかりを向けられてきた。それが仕事だって割り切ってはいたけど、こんなに真剣な目で女の子に見つめられることなんてなかった。自分にそんな目を向けてくれる女の子がいるなんて思わなかった。

胸がぎゅうって締め付けられるのが分かった。それがどんな種類の感情なのかは分かってたけど、気付かないふりをした。気付いたからってどうなるもんでもない。

「名前だけでも」

彼女が言った。ああ、そうだ。名前。名前か。彼女は名前を教えてくれたんだ。能勢梨夏ちゃん。こんなナンパモブに、大事な自分の名前を。俺だって名乗らなきゃ申し訳ないだろ。

だけど。

俺は、モブだ。

俺には名前なんてない。

『突然降ってきたんだよ、俺の名前が頭ん中に。あなたの名前はゾークですって声がしてさ。嬉しかったぜ』

名前をもらった盗賊モブの有名人ゾークさんは、自分が名付けられた瞬間について、そう語っていた。聞いていた俺たちは「ほー」とか「へー」とか言いながら羨ましがった。

だから、もしもこの物語で俺に名前があるのなら。それが与えられるなら、きっと今だ。

俺は、誰かの声が聞こえてくるのを待った。誰かが俺の名前を告げてくれるのを。

だけど、何も降ってはこなかった。誰の声も聞こえなかった。

彼女が俺の答えを待っている。でも、俺は名無しのモブのままだった。やっぱりただのナンパ野郎でしかなかった。

……だよな。

俺は苦笑する。そりゃそうだよ。底辺のモブが何を勘違いしてんだよ。

「名乗るほどの者じゃねえよ」

そう言って彼女の手を振り払う。

「ほら、急げよ。電車来るぞ」

そう言って改札を指差すと、俺は身を翻した。

「じゃあな、楽しかったぜ」

「あっ……」

「新生活、頑張れよ」

何言ってんだ、俺。

でもナンパモブの俺がこの場を締める台詞なんて、もうそれくらいしかないじゃないか。

彼女は、梨夏ちゃんは、こっちが切なくなるような目で俺を見送っていた。去り際にそんな目を向けられたことなんて、今までに一度だってない。このまま駆け戻って「やっぱり電車とか乗るのやめて、朝まで飲むか」って言えるもんなら言いたかった。

でも、彼女には彼女の物語があるはずだ。ヒロインとして紡がなきゃならない、もっと素晴らしい物語が。

ごめんな、君の物語に割り込んじゃって。

彼女の目から逃れるようにして、俺は雑踏の中に身を隠す。

俺、ただの名無しのモブだから。本当は君とこんなに喋っちゃいけない、取るに足らない存在なんだよ。だから君は次の駅でちゃんと降りて、君の本当の物語を始めてくれよな。

さよなら、梨夏ちゃん。

今まで殴られたことも蹴られたこともビンタされたことも、数えきれないほどあった。
恥も外聞もなく悲鳴をあげたり惨めに腰を抜かしたりしたことだって。
でも、モブの仕事を始めて、こんなに心が苦しかったのは初めてだった。

2.「まあお前らも、いつまでもナンパ野郎ってわけにもいかねえだろうから」

「迷惑です。やめてください」

目の前の女の子が、きっぱりとそう言い切った。気持ち悪いナンパをしてきた俺を見る、軽蔑の念の入り交じった冷たい目。

「まあそう言わないでさぁ」

A太が猫なで声を出す。と、彼女が不意に俺の背後に目を向けた。その顔が、ぱあっと華やいだ表情に変わる。俺に向けていたのとは180度違う、まるでいっぺんに花が開いたみたいな笑顔。

「譲(ゆずる)君！」

「ごめん、紗江(さえ)ちゃん」

俺の背後から近付いてきた爽やかなイケメンが言った。

「間違えて向こうの出口から出ちゃったよ」

「もう、遅いよ」

俺の脇をすり抜けて、女の子はイケメンに駆け寄る。

「おかげで変な人たちに絡まれちゃったじゃん」

「ごめんごめん」

嬉しそうに自分に腕を絡めてくる女の子に、笑顔で謝るイケメン。

「ちっ、何だよ。男付きかよ」

A太が舌打ちしてズボンのポケットに両手を突っ込むと、二人に背を向けた。

「時間無駄にしちまったぜ」

そう捨て台詞を吐いて立ち去ろうとするA太が眉をひそめる。

「……おい、B介」

低い声でそう言われて、はっと我に返った。ひどく険しい顔で二人を見つめていた自分に気付く。本当は俺もA太と同じタイミングで「つまんねえの。次行こうぜ、次!」と言って立ち去るはずだった。だが俺は、もう俺たちナンパ野郎のことなどまるで眼中にない二人から目が離せなかった。

女の子の素朴な顔立ちが、少しだけ似ていたから。あの子に。梨夏ちゃんに。

ナンパしている最中、あの笑顔がちらついてしまった。俺の声掛けに、嬉しそうに表情を輝かせてくれた梨夏ちゃんの顔。それが、今目の前にいるこの子が見せた冷たい表情と重なってしまう。

今頃、どこかで梨夏ちゃんも俺みたいなナンパ野郎にあんな目を向けてから、俺じゃない別の誰かにあんな笑顔を見せているのか。そう思ったら、目が離せなくなってしまったのだ。

「B介！」

A太に強く肩を摑まれた。

「おら、行くぞ」

「……ああ」

俺は首を振って二人から目を逸らす。

「つまんねぇな、行こうぜ！」

そう言い捨ててA太の肩を抱き、その場を立ち去った。

「どうしたんだよ、B介」

路地裏の縁石に腰かけてコーラを飲みながら、A太は俺の顔を見た。

「お前らしくねえぞ。離脱のタイミング思いっきりミスってたじゃねえか」

「悪い」

言い訳のしようもない。モブのナンパ野郎として、最悪のできだった。

物語の歯車として、悪目立ちすることなくストーリーを円滑に進めること。それがモブの役割であり、矜持だ。

主人公たちがいくら頑張っても、俺たちモブがいなければ物語は進まない。主人公だけだったら、物語は全て密室の二人芝居みたいなこぢんまりとしたものばかりになってしまう。俺たちモブは、読者に物語世界の奥行きや広がりを感じさせる存在でもあるのだ。

しかし、だからといってメインキャラクターだけでなくモブまでが個性を出そうとして自由に動き始めれば、読者は誰に目を向けていいのか分からなくなるし、物語の軸が揺らいでしまう。だからこそ、モブには物語の歯車となることが求められるのだ。

さっきみたいな、「彼氏が遅刻してきたら、彼女はもうナンパ男に囲まれてしまっていた。やっぱりあの子は可愛いから、ちょっとでも目を離したら危ないなあ」ということを言いたいだけの場面で、ナンパ男がもたもたぐずぐずしていたら、物語のテンポが損なわれる。この場面での俺たちは、「彼女はモテる」という意味付けのための記号に過ぎないのだから。

「疲れてるんだろ」

A太はそう言ってコーラの缶を揺らす。

「よし。今日はあと一件だし、終わったら飲みに行くか」

「飲みか」

いいな、と答えかけて俺は首を振る。

「悪い。今月、全然金がないんだ」

能勢梨夏ちゃんとの想定外のデート（らしきもの）から、もう十日が経っていた。もちろんその後、梨夏ちゃんと再会なんてしていないし、あの子がどうなったのかも分からない。酒を飲ませてしまった身としては、ちゃんと次の駅で降りてアパートに着いていてほしいと願うばかりだ。

時々、あの日の出来事は夢だったんじゃないかと思うこともあるが、それでも彼女におごったせいですっかり軽くなった財布が、あれが間違いなく現実だったことを証明していた。おかげで、次の給料日まで飲みに行くような余裕はない。

「こないだの件もあるし、おごってやるよ」

A太はそう言って、自分の尻ポケットに刺さっているジャラジャラと鎖の付いた財布を叩く。

「いいのかよ」

「任せろって」

A太はぐいっとコーラを飲み干した。

「こないだ、競馬場で観客のモブやったときに、ついでに馬券買ったら当たった」

「マジかよ。すげえ」

現金なもので、途端に元気が出てきた。俺も缶コーヒーを飲み干して立ち上がる。

「よっしゃ、それならあと一件。頑張りますか」

「め、迷惑だって言ってるじゃないですか！」

ヤカラ二人に詰め寄られ、踏ん張った足が小刻みに震えている。童顔で小柄な彼はそれでも必死に、彼女を守るように俺たちの前に立ちはだかっていた。

「迷惑うぅ？　一緒に遊ぼうって言うのがどうしてそんなに迷惑なんだよぅ」

Ａ太が首をグネグネと動かして彼を睨みつける。

「友達同士が遊んじゃいけないって決まりでもあんのかよぅ。ああん？」

「ねー、彼女ぉ。俺たちってもう友達だよねー」

俺も彼の後ろで身をすくめている女の子に手を振ってそう声を掛ける。

今回の俺たちは、ヤカラ度高めだ。俺はパーカーのフードまでかぶってしまっている。

「と、友達じゃないです」

震える声で彼女が言った。

「もう、私たちに構わないでください」

「ほら、彼女だってそう言ってるじゃないですか！」

彼が必死に声を張り上げる。

「えぇ？　それならこれからお友達になろうよぅ」

「彼氏かわいそうに。足震わせちゃって」

俺は口を歪めて、ひひひ、と笑った。

「無理しない方がいいよー？」

それでも彼は歯をぐっと食いしばってそこをどかない。おー、男だねえ。

その時。

ぴぴぴぴっ。

けたたましい警笛の音とともに、制服の警察官が走ってきた。

「こらー、お前ら何やってるんだ！」

おお、あれはモブ仲間のジュンさん。今日はこっちの交番に出張ってましたか。

ジュンさん、険しい顔をしているが、制帽に隠れた目は少し笑っている気がする。分かるよ、思わぬところで知り合いに会うと嬉しいもんね。

ジュンさんっていうのももちろん、ちゃんとした名前じゃない。警察官モブをよくやる人で、階級が常に巡査だからジュンさんって呼ばれてるだけだ。

「やっべ。マッポだ！」

「行こうぜ！」

俺たちは背中を丸めるようにして走り出す。

「こら、待てー！」

ジュンさんが追いかけてくる。だが、絶妙な速度調整で決して追いつかない。追いついたら俺たちは捕まってしまうし、そうしたら彼と彼女も事件関係者になってしまう。恋愛ものでそんなことに時間を割くわけにはいかないので、ここは三人ともが彼らの視界からフレームアウトするのが正解。

ちらりと振り返ると、ジュンさんの肩越しに、まだ彼女を守るように立ったままの彼が見えた。その背中に、安心したように彼女が抱きつく。

よし。うまくやれよ。それだけ見届けると、俺は走る速度を上げた。


彼と彼女の姿がすっかり見えなくなり、もういいだろう、というところで俺たちは足を止めた。後ろから警察官姿のジュンさんが追い付いてきたが、もう警笛は吹いていない。それどころかはっきりと分かるほどの笑顔だ。

「ジュンさん、ちーっす」

俺とA太が挨拶すると、ジュンさんは、

「おうおう、まさかこんなところでお前らに会うとはよ」

と言いながら立ち止まった。

「相変わらずだっせえナンパしてんなあ。いいよ、最高にモブだよ」

そう言って制帽を脱いで額の汗を拭う。

「あー、疲れた」

「ジュンさん、今日も巡査ですか」

にやにやしながらA太が尋ねる。

「たまには巡査部長とかになってくださいよ」

「いいんだよ、俺は」

ジュンさんは口元を緩めてニヒルに笑った。

「生涯一巡査でよ」

「おおー」

生涯一巡査。かっこいい。

断っておくが、別にこの人は警察官でも何でもない。ただの警察官のモブを生業にしてるだけの一般人だ。だからよく考えるともうすでに生涯一巡査でも何でもないわけだが、その響きに俺はやられた。

何て言うか、ずっと日の当たらないところでも腐らずに縁の下を支え続けるっていうか、誰にも認められなくても頑張り続けるっていうか。そんな感じが俺たちモブの心境とマッチしていて、ぐっと来たのだ。

「ところでその拳銃、撃てるんすか」

だけどA太は俺ほど感銘を受けなかったみたいで、ジュンさんの腰の拳銃に手を伸ばしている。

「ばか、触るんじゃねえ」

ジュンさんはA太の手を払いのけた後でまたにやりと笑う。

「こんな恋愛ものの中で弾なんか入ってるわけねえだろ。こっちはモブだぞ」

「そっすよねえ」

心なしか残念そうなA太。

「あ、だけどよ」

ジュンさんがちょっと得意げに腕を組んだ。

「俺、こないだの物語で名前もらったぜ」

「マジすか！」

それは聞き捨てならない。俺たちは食いついた。

「何て名前っすか」

「山田巡査」

「うおおー！」

俺たちはなぜか意味もなくハイタッチした。

「すげえ。ジュンさんすげえ」

「その時は弾も撃ったぜ」

「うおおー！」

またハイタッチ。

「何すか、それもうモブじゃないじゃないすか」

「メインストリームっすよ、名前もらって拳銃ぶっ放したら。どんな役だったんすか」

「あー、あれだ、ほら。最近はやりの」

ジュンさんは指でぽりぽりと頬を掻く。

「ゾンビもの」

「……あー」

なんとなく察しがついた俺たちのテンションはしゅるるっと下がる。

「ゾンビものっすかー……」

「あれはなー……」

痛いのが嫌だから異世界系の盗賊モブを断ったのに、現実世界系でまで好き好んで痛い思いをさせられたくない。そういう俺のようなモブにとって、ゾンビものは鬼門だ。ゾンビものって、モブはだいたい死ぬからね。

「一番最初にゾンビに襲われる交番に俺が詰めててよ。テンパってゾンビにバンバン銃撃つんだけど、全然効かねえの」

ジュンさんは遠い目をした。

「それで真っ先にゾンビに食われちまったんだけど、その時に同僚の巡査部長さんが『やまだー！』って叫んでくれるのよ」

「おー」

「じゃあもう間違いなく山田巡査っすねえ」

「まあどうせなら、銃の効く相手に撃ってみたかったけどよ」

ジュンさんは遠い目をしたまま苦く微笑む。

「モブだからそうもいかねえよな」

「いや、大健闘っす」

「マジリスペクトっす」

俺とA太は心からの賛辞を込めてそう言った。

「そうか?」

照れくささそうな顔のジュンさんは、ふと時計を見る。

「あ、やべえ。次の現場行かねえと」

「また警察官っすか」

「いや、次は警備員」

ジュンさんは指でくるくると制帽を回す。

「制服交換しなきゃいけねえからめんどくせえんだよ」

「制服系モブの人って、そういうとこ大変ですよね」

「さらっと書きやがるからな、作者も」

ジュンさんは苦々しげに言った。

「濃紺に茶色のラインの入った制服を着た警備員、とか。こっちはそのたびに着替えだよ」

「お疲れさまっす」

「まあお前らも、いつまでもナンパ野郎ってわけにもいかねえだろうから」

ジュンさんは去り際に俺たちの肩をぽんぽんと叩いた。

「もし興味があるなら、制服モブの仕事も紹介するぜ」

「いやー、俺たちは。なあ」

A太が俺を見る。俺も頷く。

「組織に属してる人間とか、できねえっすから」

「食わず嫌いしねえで、やってみると案外いけたりするもんだぜ？」

ジュンさんはそう言うと、びしりと敬礼した。

「それでは山田巡査、職務に戻ります」

ジュンさんと別れた俺たちは、夕方までぶらぶらと時間を潰した後で、もう待ちきれずに行きつけの居酒屋に飛び込んだ。ジュンさんとの追いかけっこのおかげで、適度に喉が渇いている。最初の一杯は生中。二人で喉を鳴らして飲んだ。

「くあー、うめえ」

「最高だな。このために生きてるな」

今日はA太のおごりとは言っても、お互いの懐具合はよく分かっている。俺たちは唐揚げと厚揚げを一皿ずつ頼むと、後は一番安いハイボールとおかわり自由のキャベツだけで済ませることにした。

「すみません、ハイボールくださーい」

「あ、ハイボールもう一つ」

A太の注文に便乗して、俺はジョッキに残った生ビールを飲み干す。久しぶりの酒が臓腑に染み渡る。

俺たちは最近の仕事の愚痴やらモブ仲間の噂話やら、気の向くままに気楽な居酒屋トークを楽しんだ。

「こないだ出た物語が、結構ヘイト強めの作風でよ」

A太がキャベツをぱりぱりと噛んでグラスを持ち上げる。

「こっちの去り際にヒーローがわざわざ〝失せろ、モブが〟とか言ってくんのな」

「モブのことをモブって言われてもなあ」

「なー。お前に言われんでも俺たちゃモブだっつーの」

そんな話から、自然と今後のことに話が及んだのは、やっぱりさっきのジュンさんの言葉があったからだろう。

「いつまでもナンパ野郎もできねえもんなー……」

「そういや知ってるか？　会社の事務所でよく会うE子さん」

A太がため息をつく。

「おっさんになる前に身の振り方考えねえとなー」

そうだ。A太の言う通り、ナンパ野郎のモブとしていられるのは、せいぜい二十代いっぱいというところだろう。それ以上の年齢になったらさすがに無理だ。

ナンパしてきたのがいい年こいたおっさんだったら、これって何かの伏線だろうか、と読者に勘繰られてしまう。それは、物語を歪ませることになる。

「確かにアイビーも、前にそんなようなこと言ってたんだよなぁ」

俺の言葉に、A太が「アイビー？」と反応する。

「誰だっけ、それ」

「ほら、俺と同期の」

「ああ、あのお前と仲良かった女か。付き合ってたんだっけ？」

「付き合ってねえよ」

俺と同期入社のアイビーは、主に地味なOLとして会社のイケメン上司やエリート社員を「すてき！」「かっこいい！」と褒める称賛系モブをしている女だ。

昔は一緒に飲みに行く程度には仲が良かったのだが、最近はとんと会っていない。

「あの頃のお前、昨日もアイビーと飲んでた、とかよく言ってたよな」

「まあ、ちょくちょく飲みには行ったけどな。付き合ってはいねえから。もしアイビーに会ってもそんなこと言うなよ」

「俺はそもそもその子と会ったことねえよ」

「ああ、そうだっけ」

そうか。A太は会ったことなかったのか。そう考えると、アイビーともずいぶん会ってないことになる。今度連絡してみるか。

「まあとにかくアイビーも、私も歳食ってきたらいつまでも『きゃー、かっこいい』とか言ってられなくなるよねー、って言ってたんだよな」

「まあなぁ」

A太は苦笑いで同意する。

「イケメンってやっぱり、若い女の子が騒ぐからこそっていうところはあるもんな」

「な。だからこれからは、単純なかっこいいところばっかりじゃなくて、もっといろんな面を自然に誉められるようになりたいって言って、そういう感じの称賛もやり始めてたんだよな」

「仕事の幅を広げるってか？　まあそういう危機感は、女の方が強えのかもな」

A太は少なくなりかけたハイボールを大事そうにちびりと飲む。

「そういや知ってるか？　会社の事務所でよく会うE子さん」

「ああ」

俺はごく平凡な顔立ちのE子さんの顔を思い出す。事務員系のモブをやっている人だ。

「E子さんがどうかしたか」

「あの人って子供の時〝ねえあの人〟の子やってたらしいぜ、お母さんと一緒に」

「へー、意外」

〝ねえあの人〟は、公園や街中にいる親子モブだ。ヒーローが奇抜な格好をしていたりカップルが人目もはばからずにイチャイチャしている時なんかに、それを指差して「ねえお母さん、あの人」と言う子供と「見ちゃいけません！」とたしなめるお母さんのペアで仕事をする。

「やっぱり年とともに仕事も変えていかねえとな」

俺が言うと、A太は声を潜めた。

「俺、こないだチャーリーさんに相談に行ったんだよ」

「チャーリーさんって、C級冒険者の？」

「そうそう」

A太は頷いてグラスを空けた。目の周りがすっかり赤い。

「ギルド受付前の仕事、一回やってみようと思ってさ」

「受付前か、確かにありかもな」

C級冒険者モブのチャーリーさん（いつもC級なのでそう呼ばれている）は、冒険者ギルドに初めて訪れた主人公に絡んでけちょんけちょんにされるのが仕事だ。

「異世界系ってすぐ死ぬけど、受付前ならボコられるくらいで済むもんな」

「だろ？　しかも聞いたら仕事中に酒飲めることも結構あるらしくってさ」

「酔っぱらって絡むパターンね」

「ただ、本気でやりたいならスキンヘッドにしてもらうって言ってたんだよな、チャーリーさん」

A太は下品なパーマのかかった自分の頭を撫でる。

「スキンヘッドはまだちょっと決心つかねえわ」

「まあ、どのモブもそんなに簡単じゃねえってことだよな」

モブといっても、そこに生きてる人間になるわけだからな。何の苦労もなくただそこに存在してる人間なんていないのだ。そこにはやっぱり何かしら、傍目には分からなくても大変なことがある。

俺たちはもう一杯ずつハイボールを頼み、それでわけもなく乾杯してから店を出た。A太が会計するのを店の外で待っていると、俺のスマホがぶるりと震えた。

「……あれ」

「どうした、B介」

会計を終えたA太が下品な長財布を手に出てきた。

「おう、A太ごっつぁんでした」

「いいってことよ」

そう言いながら、A太は俺のスマホを覗き込む。

「誰から？」

「いや、会社から」

俺はスマホの画面をA太に見せる。

「これから単独で仕事入れるかって」

「これから？　酔っぱらいケンカモブかな」

「いや、ナンパだってよ」

「この時間からナンパぁ？」

A太は眉間にしわを寄せて俺のスマホを覗き込む。

「あ、酒気帯び可って書いてあるじゃん。ちょうどいいじゃん、行って来いよ」

A太は笑顔で俺の肩を叩いた。

「そんでいい仕事だったら、俺にも教えて」

「そうだなー……」

この時間から仕事とか、正直だるいけど梨夏ちゃんとのデート（らしきもの）のおかげで金がない俺にはありがたいっちゃありがたい。

「じゃあちょっと行ってみるわ」

「おう」

俺はA太と別れ、一人で駅前広場に戻る。その道すがら、今日の失態を思い出して反省する。

ジュンさんもA太もみんな、ちゃんとこれからのことを考えて動いてるんだよな。梨夏ちゃんのことなんて思い出して浮ついていた自分が恥ずかしい。

イレギュラーで一回ナンパが成功したもんだから、おかしな夢を見ていたみたいだ。

モブはモブ。勘違いするな。梨夏ちゃんは梨夏ちゃんで、今頃ちゃんと本当の相手と仲良くやってるさ。俺のことなんてもう覚えてもいないだろう。

分を弁えないといけないよな。こっちは名前もないモブだぞ。

……スキンヘッドか。

俺は根元の黒くなった茶髪を手で梳いた。俺もやってみようかな、C級冒険者モブ。女の子に絡んで心がざわざわするより、しばらくはそっちの方がいいかもしれない。

そんなことを考えているうちに、駅前広場に到着する。さ、仕事仕事。

今度は単独だ。A太もいないし、ちゃんとやらないとな。ターゲットは……すぐに見つかった。だけど俺はその場で凍り付いた。その子を知っていたからだ。

梨夏ちゃん。

広場に一人立っていたのは間違いなく、この前俺が駅でナンパして半日一緒に遊びまわり、それから駅まで送り届けたあの女の子だった。

3.「私、朝までやってるお店、行きます」

梨夏ちゃん。何でこんなところにいるんだよ。

俺はナンパ野郎にあるまじき及び腰で、駅前広場に一人立つその女の子を遠目に見た。その顔を見たら、モブのくせにいっちょまえに切ない気持ちになった。

ああ、俺はこんな可愛い子と一緒にカフェでパンケーキ食って、ボウリングして、夜景の見える居酒屋で乾杯したんだなあ、などという他人事みたいな感慨と一緒に、その時に梨夏ちゃんが見せた色々な表情が蘇ってきて、何だか分からないけど泣きそうになる。

落ち着け。酔ってるぞ。まともじゃない。衝動に流されちゃだめだ。自分に必死にそう言い聞かせて、もう一度彼女を見る。

梨夏ちゃんに間違いない。ただ、この間会ったときとは服装が違うし、スーツケースも手に持っていない。少しだけ洗練されたような。ちょっと気負いのなくなった、自然な服。それだけで、この子がもうこっちの生活に慣れ始めているんだってことが分かる。

よかった。君の物語はちゃんと始まったんだな。変な安堵をしてから、俺はやっと自分の役目を思い出した。

あの子をもう一回俺がナンパするだって？

いや、それはさすがに無理があるだろ。もちろん、彼女は俺のことなんてもう覚えてないかもしれない。だけど、途中で「あれ？　この人って……」みたいに思い出されたら。そこに生まれる余計な展開が、彼女の本来の物語に色々と支障をきたしてしまうことは間違いない。

それは避けたい。これ以上梨夏ちゃんに迷惑を掛けちゃだめだ。モブとして。

俺はスマホを取り出すと、会社に電話した。十五回くらいコール音がした後でやっと出たのは、頼りない若い男の声。

「はい、皆さまの物語を底から支えて三十年、信頼と実績のモブ派遣、株式会社モビーでございます」

思わず舌打ちしそうになる。そんな宣伝文句は顧客用回線に出るときに言うんだよ。俺は今、明らかに内部用の番号にかけてるだろうが。

今日の当直は彼か。大丈夫かな。

「寺井(てらい)君、B介です」

俺が言うと、入社二年目の寺井君は電話の向こうで「おあっ」という変な声を出した。

「ああ、B介さん。こんな時間に急なお仕事受けていただいてありがとうございました。もう終わったんですか、さすが早いですね。ええと、完了番号はスマホのアプリで」

「違う違う違う」

勝手に早口で話を進める寺井君の言葉を遮る。

「ちょっと問題発生でさ」

「ええっ」

寺井君は泣きそうな声を上げた。

「な、何ですか。ほんと、今日はずっとトラブル続きなんです」

「そうなの？　忙しいところ悪いんだけどさ。この件のターゲット、俺、前にもナンパしたことあるんだわ」

「は？」

「おんなじ奴が二回もナンパしたらおかしいでしょ。誰かと差し替えてくんない？」

「ど、どういうことですか。ちょっとあまり意味が」

ああ、もう。察し悪いなあ。寺井君じゃなくて、ベテランの森井さんなら話が早いのに。

「だからあの子、十日くらい前に俺が一回ナンパしちゃってんの。その時と同じ子なの」

「え、Ｂ介さんが十日前に同じ子をナンパして振られてるってことですか」

「振ら…」

振られてる。寺井君の言葉に引っかかる。いや。別に振られては、いないが。

いやいや。今大事なのはそこじゃない。

「まあそんな感じだよ」

俺は濁した。

「だからおかしいでしょ？　二回もナンパしたら」

「ええっと……確認しますね」

電話の向こうからかたかたと端末を叩く音がする。

「あ、大丈夫みたいですよ」

寺井君は明るい声を出した。

「今回のターゲットの能勢梨夏さんについて、作者さんからは何の要望もいただいてませんね。NG項目は18禁事項だけです」

「いや、作者さんの要望はそうかもしれねえけどさあ」

焦れったくなって俺は思わず口調を荒らげる。

「おかしいでしょって言ってんだよ。こないだ出会ったナンパ野郎がもう一回来たら。読者が俺のこと、何かの重要人物なのかと思っちゃうじゃん」

「え、重要人物ってB介さんのことをですか？」

寺井君の心底驚いたような声。うぐっ。うるせえな、分かってるよ。せめて皮肉っぽく言え。心から驚くな。俺も自分で言ってて恥ずかしかったよ。こんなモブ顔した量産型ヤカラが、自分のことを重要人物とか。

「そういう風にとっちゃう人もいる可能性があるってことだよ！」

「あまりにひどい誤読については、クレームが来てもこっちで対処するから大丈夫ですよ」

寺井君はそこだけはなぜか自信満々に言い切った。クレーム対応が自分の部署の仕事じゃないからだろう。違う。そうじゃないんだ、寺井君。

「とにかく差し替えてくれよ。できるだろ?」

「すみません、B介さん」

寺井君は憐れっぽい声を出した。

「さっきも言いましたけど、今日はトラブル続きなんです。すっぽかしが二件に想定外の落命が一件、それと事前連絡なしの飛び込み依頼がこの件も含めて五件ですよ、五件!」

「そりゃ大変だな」

「こんな時間だし、本当に人がつかまらなくて。この件もB介さんがやっとつかまったんです。他に代わりの人はいないんですよ」

「A太は」

「A太さんは、その直後に入った冒険者ギルド併設酒場の乱闘現場に今行ってもらったところです」

すげえな。何だ、何かの小説大賞の締め切りでもあるのか。

「それと、B介さんだから言いますけど」

寺井君が声を落とした。

「一件、入っちゃったんです」

「何が」

「闇堕ちモブが」

闇堕ち。

すうっと酔いが醒めるような感覚があった。

「それで森井さんたちが対処に行ってます。本当に今日はすっからかんなんです」

「……そうか」

俺は息を吐いた。

「それじゃ、仕方ねえな」

闇堕ち案件が入っちまったんじゃ、どうこう言ってる場合じゃないな。モブはお互い助け合い。俺が俺がと出しゃばる奴は、モブには向かない。

「仕方ねえ。分かったよ、こっちはこっちで何とかするよ」

俺が言うと、寺井君は救われたような声を出した。

「ありがとうございます！」

「要は振られりゃいいんだろ？　多少顔が割れてたって」

「そうですそうです振られてくださいいつもみたいに後腐れなく」

「貸しにしとくぜ、寺井君」

「今度事務所にいらっしゃったときに、いつもよりいいお茶お出しします！」

それだけかよ。まったく。まあでも寺井君も、こういうところが憎めないんだよな。

電話を切ると、俺は覚悟を決めた。夜だっていうのに細いサングラスをかけると、大股にのしのしと彼女に歩み寄る。

「やっほー、彼女こんばんはー」

俺の頭の悪い呼びかけに梨夏ちゃんが顔を上げた。

間近に見る梨夏ちゃんのインパクトはすごかった。やっぱり物語のヒロインになるほどの子だ。作者さんの力の入れようが違う。

まだまだ垢抜けないはずなのに、オーラがある。ダイヤモンドの原石感が半端ない。磨けば光るのに、磨かなくてももう光ってますよ！

俺だってこれまで、いろんな物語のヒロインを見てきた。その中にはこの子よりもっと洗練されたきれいな子も、もっと整った顔立ちの子も、たくさんいた。でも酒の入った深夜のクソナンパモブの濁った目には、梨夏ちゃんの顔は今まで見た誰よりも眩しく映った。

夜なのにサングラスをかけた俺を見た梨夏ちゃんの顔が、ぱっと輝いた……ような気がしたのは、ただの俺の自意識過剰だったのかもしれない。多分そうだ。だけどもしかしたら、本当に俺のことを覚えていて喜んでくれたのかも。

一瞬色んな感情が胸の中で交錯したが、俺の気持ちなんてどうだっていいのだ。彼女の物語を進めるために、俺はモブとしての役割を全うする。そのためにここに来たんだから。

「彼女、こんなところで一人っきりで何してるのー？　誰かと待ち合わせー？」

「え？　えっと、あの」

梨夏ちゃんは何だかあわあわしながら、耳まで真っ赤にして俺を見上げた。一生懸命、何かを訴えるような目で俺の顔を見ている。俺はそんな彼女の反応を極力気にせず、ナンパを続ける。

「俺、結構この辺に詳しいんだよね。朝まで飲める楽しいお店、いっぱい知ってるよー？」

へらへらと笑いながら、意味もなく肩を揺らす。話の途中で地面に唾とかも吐く。通行人があからさまに嫌な顔で俺たちを避けていく。その反応にむしろほっとした。

よし、大丈夫だ。俺はちゃんと、タチの悪いナンパ野郎になれてる。

「すげえ料理のおいしい居酒屋もあるし、夜景の見えるバーもあるし、楽しく騒げるカラオケボックスもあるし、何だったら全部すっ飛ばしてホテルでも」

「あの、お兄さん」

俺の軽薄なナンパトークの隙間に、梨夏ちゃんが口を挟んだ。

「私のこと、覚えてませんか」

「え？」

すっとぼける俺を真剣な目で見て、彼女は言った。

「私、能勢梨夏です」

……ああ。

そのとき、俺の胸によぎったこの感情を、なんて呼べばいいんだろう。

恋？　違う。そんな単純なものじゃない。もっと、何て言うか。俺という人間の一番深いところから来る感情。嬉しいとか哀しいとか、そういうことじゃなくて、もっとずっと奥の方から。

「え、あ」

俺は言葉に詰まった。

覚えてるに決まってるじゃんか。こっちは自分の仕事に支障をきたすくらいに、君のことばっかり考えてたんだよ。もしかしたら君が俺のことを覚えてて、それでまた俺に会いたいとそう思ってくれてるんじゃないか、なんてそんな都合のいいことばっかり考えてたよ。

身体に残ってるアルコールのせいで、そんな言葉が口をついて出そうになる。だけど、それとほとんど同時に俺の頭をよぎったのは、さっきの電話での寺井君の言葉だった。

『一件、入っちゃったんです。闇堕ちモブが』

だめだ。だめだ、だめだ。必死に冷静さを保つ。俺たちはモブだ。物語を円滑に進めるためのモブ。モブの分際で、モブの一線を越えるな。モブはモブらしく、モブの分を弁えろ。

「えぇ？」

俺は眉間にしわを寄せて梨夏ちゃんの顔を見た。

「君みたいな可愛い子と会ったことがあれば、忘れるわけなんてないけどねえ。あ、あれか」

ぽん、と手を叩く。

「俺たち、実は前世で会ったことがあるとか！　それか前前世か前前前前世か。それじゃ歌のタイトルじゃん。カラオケ行こっか」

しょうもないことを言いながら、自分の言葉にうひゃうひゃと笑う。

「そう、ですか」

梨夏ちゃんの顔が曇った。

「そうですよね。お兄さんきっとモテるから、私のことなんか覚えてないですよね」

思わず鼻水を噴き出しそうになった。モテる？　この量産型ヤカラのモブが？　誰に？

俺の動揺に構わず、梨夏ちゃんは真剣な眼差しで言葉を続ける。

「でも私、十日くらい前にここでお兄さんにすごくお世話になったんです。初めての街でいろんなお店に連れてってもらって、最後にこの駅で切符まで買ってもらって」

「俺に？」

「はい」

梨夏ちゃんは頷く。

「そのときのお礼をどうしてもちゃんと言いたくて、私、仕事終わりに時間があったらここに来てたんです。ここに来ればお兄さんに会えるかもって思って」

何だって。

ぎゅうっと胸が締め付けられた。

待て。待ってくれ梨夏ちゃん。だめだよ、それはだめだ。君にそんなこと言われたら、俺はモブじゃいられなくなっちまう。物語のヒロインにそんな真剣な眼差しでそんなことを言われるモブなんていないんだよ。

ここで俺も「覚えてるよ！　俺も君のことばっか考えてたぜ！」なんて言えたら、どんなにかいいだろう。だけど、俺はモブなんだ。君に名乗るべき名前すらないんだ。俺は単なるモブのナンパ野郎で、君の物語の中ではそれ以上でもそれ以下でもない、通り過ぎていくべき人間なんだ。

「俺が、君と？」

きょとんとした表情で俺は梨夏ちゃんを見た。やっぱり、サングラスをかけていて正解だった。だって俺の目は無様に泳ぎまくっていたから。

「ごめん、全然記憶にないわ」

俺は言った。

「俺も毎日いろんな子と遊んでるしね」

遊んでねえよ。君と半日遊んだだけで生活に支障をきたしてる。

「それにこの辺って俺みたいなナンパ師多いからさ。別の奴と間違えてるのかもよ」

自分で言っててもあまりに苦しい言い訳。

「そうですか……お兄さんだと思うんですけど……」

梨夏ちゃんはうつむいた。

「人違い、かなあ……」

ああ、やっぱりこの子は天然だ。俺にきっぱり断言されたせいで、自分の記憶に自信が持てなくなってる。そういうところもすごく可愛い。愛おしい。

「でも、分かりました」

梨夏ちゃんはなぜか力強く頷くと、顔を上げてきりっとした目で俺を見た。

「私、朝までやってるお店、行きます」

「は？」

「お兄さんと朝まで飲み明かして、始発の電車で家に帰って、それから出勤します」

いや、何言ってるのこの子は。

「行きましょう」

梨夏ちゃんは俺の手を両手でがしっと摑んだ。

「別に夜景とか見えなくていいです。バーとかじゃなくて、やっすい居酒屋さんでいいです。あと、お金は私が払います」

「ちょ、ま、ま」

待って。梨夏ちゃん待って。それはまずい。ああ、手が柔らかい。あったかい。いや、そうじゃなくて。

「あれ、能勢じゃん」

混乱の極みにあった俺の背後から、誰かの声がした。

「え？　……あっ」

そっちを見た梨夏ちゃんの目が、驚きで丸くなる。

「ヒロキ」

ヒロキ？

振り返ると、俺の後ろに立っていたのはちょっと陰のあるすらっとしたイケメンだった。切れ長の鋭い目で、梨夏ちゃんと俺を交互に見ている。俺と同じ茶髪のはずなのに、なんていうか俺みたいな安っぽさがない。

「能勢。お前もこっちに来てたのか」

「あ、うん」

梨夏ちゃんが頷く。

「こっちで就職したの。それでこないだ引っ越して」

その手はいつの間にか俺から離れていた。俺は見つめ合うお似合いの二人を見る。っていうか、ヒーロー来た。ついに来た。

ヒロキ。名前から言って完全にヒーローじゃんか。

「なんだよ、彼氏と待ち合わせかよ」

俺はそう言って舌打ちした。

いや、この二人はまだ彼氏と彼女じゃない。地元の知り合いとかそんな感じ。ええ、ええ。そんなことは分かってますよ。俺だって伊達に何年もナンパモブやってねえよ。だけど、仕方ないじゃん。無理やりでも何でもいいから、ここから離脱しないと。

これ以上ここにいたら、梨夏ちゃんのことマジで好きになっちゃうもの。この子、俺のこと振ってくれないいんだもの。可愛すぎて、もうモブの役目を果たせる自信がないもの。

「あー、くそ。時間無駄にしたぜ」

俺が身を翻すと、背後から梨夏ちゃんの「あっ……」という声がした。

「知り合い？」

ヒロキ君に訊かれ、梨夏ちゃんは多分困った顔をしている。

「えっと……」

答えに詰まっている。それはそうだろう。彼女は俺の名前も知らないのだから。

「もう遅いから、家まで送るよ」

ヒロキ君は言った。

「この辺なんだろ?」

そう。そうしてくれ。俺はポケットに両手を突っ込むと、足早にその場を後にする。

梨夏ちゃんのこと、頼んだぜ。ヒーロー。紆余曲折あるかもしれんけど、最後にはちゃんとその子を幸せにしてやってくれよな。

夜だけどサングラスをかけていて、本当に良かった。だってこんなナンパモブが涙目で唇ぶるぶる震わせてたら、読者に変な誤解与えちまうだろ。

ああ、寺井君。俺はちゃんと仕事したよ。次に事務所に顔出したら、いいお茶出してくれよな。

4.「……さつきさん」

梨夏ちゃんとの二回目の出会いから、一週間が経った。

あの日の夜はメンタルがボロボロだったけど、それでも朝は来るし、朝が来れば仕事もある。翌日すぐは、やけにウェットなナンパになって相棒に嫌な顔をされたりしたけど、それでもなけなしの気合で自分を鼓舞して、どうにかこうにかペースを取り戻してきた。ナンパモブとしての軽薄で中身のないトークも帰ってきた。

表面上は。

だけど、心にぽっかりと開いた穴みたいなものは、あの日からちっとも埋まっていない。あと少しで得られそうだった物。求めることすらおこがましくて、最初から手に入るなんて夢にも思ってもいなかった物を、あまりにも無造作にころりと目の前に転がされたような気がして。それを摑まなかった自分が、無性にばかみたいに思えて。

こんなにつらいなら、そんな夢みたいなことが自分に起きるなんて知りたくなかった。知らなければ、最初から苦しむこともなかっただろうに。

気を抜くとすぐに思い出してしまうのだ。

『私、能勢梨夏です』

そう名乗ったときの彼女の一生懸命な表情。

『私、朝までやってるお店、行きます』

と言って俺の手を摑んでくれたときの、その手の柔らかさとあったかさ。そういうのがフラッシュバックみたいに襲ってくると、途端に俺のナンパは精彩を欠いて、初めて好きな女の子と口をきく陰キャの中学生みたいなトークになる。

それはそれで気持ち悪いので、ターゲットの女の子にはちゃんと嫌な顔をしてもらえるのだが、完全に方向性が違うわけだ。作品の求めているナンパとは。

相棒がちゃんとヤカラっぽく柄の悪いナンパをしているのに、その隣で俺が変に顔を赤くしながら「あの、一緒に行ったらすごく楽しいと思うんでもしよかったらっていうか、何なら先に行って席だけ取っとくんでほんと気が向いたら来てください」みたいなことをすごく早口で言ったりしたら、それはおかしいわけだ。

読者も「なんだ、この二人……？」って引っかかっちゃう。で、もちろん俺たちはもう今後出てこないので、そうなると読者は「あの意味深なナンパ野郎、結局何だったんだよ！」ってなる。

モブの、無意味な個性付け。それって、作品にとってはすごく邪魔なノイズになるのだ。作者さんにとっても、大迷惑。話の軸が霞んじゃうんだからね。

だから俺のナンパがそんな風になると、相棒は不機嫌になって俺を睨む。

「おい、B介。お前まさか今までそんな舐めた仕事してきてやがったのか」ってね。

そう。お気付きかもしれないが、さっきから俺が、相棒、相棒って呼びかたをしてるのは、この一週間、俺の相棒がA太じゃなかったからだ。単独の仕事もあったが、俺がペアを組んでいたのは主にD郎だ。

D郎は二つ年下だが、モブ歴は俺よりも長い。だから、俺に対する口の利き方も横柄だ。まあ、いわゆる先輩風(せんぱいかぜ)を吹かせるってやつだな。

「お前さあ、ああいう方向性で行きたいなら、髪の色真っ黒に戻して寝ぐせ付けて、黒縁のメガネでも掛けろよ。それからチェックの長袖シャツ買ってこい」

次の仕事までの繋ぎの時間に、D郎にそう説教されて、俺も返す言葉もない。

「陰キャなら陰キャで、一言で陰キャって括れるような格好をするんだよ。それがモブってもんだろ?」

その通り。俺たちだって、今は一言でヤカラって括れる恰好をしている。モブっていうのはそういう明快さが重要なのだ。読者に「あれ？　この人は何だろう」なんて思われてはいけない。

「いや、ほんとすまん」

俺は謝って、お詫び代わりに缶コーヒーをおごる。

「最近ちょっとスランプでよ。次はうまくやるから」

「頼むぜ。お前だって昨日今日のモブじゃねえだろ」

まだ不満そうではあったが、俺のおごりの缶コーヒーを一口飲むと、D郎も少し語気を和らげた。

「ヤカラでいこうぜ。陰キャのナンパなんて依頼、滅多に来るわけねえんだからよ」

それもおっしゃる通り。世の陰キャ諸君がナンパなどしないように、陰キャモブにもナンパの依頼など来ない。そんなキャラ付けをしてしまったら、俺はすぐに失業して餓死してしまうだろう。

割り切るんだ、B介。そう言い聞かせる。あの日のことは、あれで終わり。

物語のヒロインを張る女の子が俺の目を真っ直ぐに見て、自分の名前を名乗ってくれた。それは確かにモブの俺にとっては夢みたいな体験だった。

だけど俺は彼女に名乗り返す名前を持っていない。それはつまり、そういうことなんだ。

思い上がるな。夢は、夢だ。

アイドルのコンサートに行ったら、舞台上のアイドルとちらっと目線が合いました。それで向こうもこっちに気があるんだ、とか思うか？　思わないし、思っちゃだめだろ。そういうことだ。

もう今日何度目かになる、振り切るための言葉を自分に言い聞かせて、俺はコーヒーを飲み干した。

「よし、そろそろ行くか」

D郎が立ち上がる。

「あいよ」

そう言ってぬるっと立ち上がった俺を見て、D郎はにやりと笑った。

「勘を取り戻すために、次はお前から声掛けろよ」

「ああ。任せろ」

繁華街の入り口の大きな交差点。俺はターゲットのちょっと派手目な女の子に向かってがに股で歩み寄る。

「おねえさんおねえさん、そこのきれいなおねえさん！　ごめん、ちょっとだけ俺の話聞いて！　たった五時間で終わるから！」


「久しぶりだな、B介」

A太が手をぶんぶんと振りながら歩いてくる。

「おう、A太！　戻ってきたのか」

俺も両手を振り返す。

「よかったなあ」

A太は俺が梨夏ちゃんに二回目のナンパを敢行した同じ日に、急遽呼び出されて参加した冒険者ギルド併設酒場の乱闘で、急に謎の力に目覚めたヒロインの暴走に巻き込まれてチリになった。ちゃんとこうして人の形を取り戻すまで、一週間もかかってしまったのだ。

「大丈夫か、身体の方は」

「んー」

Ａ太は肩をぐるぐると回す。

「普通に動くから大丈夫だろ。ちょっと身長が縮んだような気がするけど、まあもともと俺の見た目なんて適当だからな」

「なんか、前の顔はもう少し鼻が低くなかったか？」

「そうか？　こんなもんだろ」

そんな他愛ない話をしながら、いつもの路地裏に向かってぶらぶらと歩く。

「依頼書に、『落命（消滅）』って書いてあったのを寺井君が見落としてたわけよ。他の急ぎの依頼が重なってテンパっちゃってたせいで」

いつもの縁石に腰かけて、Ａ太は言った。

「もともとは、ほかの会社のモブに次の日の仕事を勝手に受けてたやつがいて、直前になって消滅できませんってごねたらしくてさ」

「これから消滅するのに、次の日の仕事受けたらだめだろ」

「な。それで穴埋めが必要になってうちに回ってきたんだと。でも人を探すにしたって、まずはそいつがその日消滅しても大丈夫かどうかの確認からだろ。仕事もだしプライベートでも予定があるかもしれねえんだからさ。モブを動かす上で、そこって一番大事なとこじゃねえか」

「そうだな。消滅するならするで、こっちにも準備があるからな」

俺は頷く。消滅は落命手当の中でも一番等級が上だからまあ収入はそんなに心配ないとして、自分の予定を一週間は空けておかないといけない。消滅した後じゃ、予定のキャンセルの電話もできないからな。

「少なくとも、夜中に突然呼び出されてやらされる仕事じゃねえよな」

心からの同情を込めて、俺は言った。

「災難だったな」

「おう」

A太はコーラをぐびりと飲む。

「着いたら、今作者の筆が乗ってるからすぐ現場入ってくれって言われてよ。ろくに説明もされずに適当な服で席に着いた途端、女の金切り声がして」

A太は右の手のひらを上向きにぱっと開いた。

「目の前が真っ白になって、それっきり。聞いた話じゃ、他社のモブも含めて、二十人くらいいっぺんに吹っ飛んだってよ」

「うへえ、すげえな。大殺戮じゃん」

思わず顔をしかめる。

「うちみたいな零細がそれやられちゃうと、きついんだよな」

「な」

A太も苦い顔で頷く。

「一度に何百人も動かす大企業様じゃねえんだからよ。大河小説ばりの展開やりてえなら、最初からそういうところに頼めっつうの」

一つひとつの物語に、モブ一人ひとりの真心を込めて。

それが俺たちの会社、モビーのキャッチコピーだ。アットホームといえば聞こえはいいが、まあ要は登録してるモブ一人ひとりがそれぞれ一生懸命にペダルを漕いでる自転車操業の零細企業ってことだ。人がゴミのように見えるほどの大量のモブを展開するような体力はない。

「まあ一週間分の食費が浮いたのと、消滅の手当が思ったより多かったのはよかったけどな」

そう言ってから、A太は思い出したように俺の顔を見た。

「で、お前の方はあの日どうだったんだよ」

「え?」

「急な仕事入ってたろ。深夜のナンパ」

「ああ、あれな」

……もうその話、やめない？

そう言いたかったが、何も知らないA太に言うわけにもいかない。仕方なく俺は曖昧に頷いた。

「別に、普通の仕事だったよ。ただ女の子に声かけて、いつもみたいに振られただけ」

いくら気心の知れたA太とはいえ、物語のヒロインにがしっと両手を握られて朝までやってるお店に行きましょうと言われた、なんてことは言えなかった。

「ふうん、急ぎの仕事の割に何も変わったことは無しか」

A太は肩をすくめる。

「ま、モブの仕事って普通はそんなもんだよな。難しいことを求められてねえからモブなんだからよ。あーあ、俺がそっちに行けばよかったな」

それに関しては、俺は何も言えない。今回の仕事を割り振ったのは入社二年目の寺井君だ。

落命の項目を見落としてたくらいだから、適性なんか考えず機械的に、とにかく動ける人間に仕事を割り振っただけだろう。だからA太じゃなくて俺が冒険者ギルドの酒場で消し飛んでた可能性だって十分にあった。

――そうなんだよな。

俺同様、さして特徴のないヤカラ顔のA太を見ながら、ぼんやりと考える。梨夏ちゃんに初めて出会ったあの日、本当は駅前広場に単独でナンパに行くはずだったのはA太だ。A太に別件があったから、代わりに俺が行っただけだ。

もしも俺じゃなくてA太がナンパに現れたら、梨夏ちゃんはどうしてただろうか。それでもやっぱり断らず、ついていくと言っただろうか。

言ったかもしれない。あの子は天然だから。いや、言っただろう。まさか、俺だからこそ梨夏ちゃんがついてきてくれた、とでも自惚れてたわけじゃないだろう、B介。

きっと梨夏ちゃんはあのくりくりとした目をきらきら輝かせて、やったあ、いいんですかって無邪気にばんざいしてA太と一緒に酒を飲みに行っただろう。あの子はそういう天然タイプなんだから。

別にA太が悪いわけでもないし、梨夏ちゃんが悪いわけでもない。なのに、胸がもやもやする。勝手に自分で想像を膨らませて、嫉妬している。名無しのモブだってのに。もう二度と会うこともない女の子のことで。

「そういやB介、お前は聞いてるか」

A太が不意に話題を変えた。

「俺が消し飛んじまったあの日にちょうど、闇堕ち（やみお）が一件あったらしいじゃねえか」

「……ああ。らしいな」

そうだ。あの日、ただでさえキャパの少ない寺井君が、なおさらテンパっていたのはそのせいだった。

連続で発生した様々なトラブルにだめ押しで入ってきたのが、闇堕ち案件だったのだ。寺井君が当直の日に闇堕ち案件が入るなんて、昭和のゲーム機の本体に無理やり令和のソフトをぶっ差すようなもんだ。完全にキャパオーバー。処理できるはずがない。おかげでそのしわ寄せを食ったA太は、アポなし消滅の憂き目にあったわけだ。

「そいつ、B介の知り合いか？」

「いや」

俺は首を振る。

「俺の知ってるやつじゃなかった」

処理を担当したベテラン社員の森井さんから後で聞いた話では、闇堕ちしたモブは仲間内でスゴイくんと呼ばれる青年だった。

「スゴイくん？」

A太はちらりと眉をひそめて、それから納得したように頷く。

「ああ。称賛系モブか」

「そうらしい」

スゴイ君は中肉中背、特徴のない顔立ちの至って平均的なモブ青年で、主な活躍の場は学園ものストーリー。制服に身を包んだ彼は、いつもヒーローやヒロインのモブ離れした（モブじゃないんだから当たり前だが）容姿や才能を目の当たりにして「すげえ！」と叫ぶ役割をこなしていた。

え？　それってナンパ野郎以上にストーリーに関係ない存在じゃないかって？

いいや。断じてそんなことはない。

ヒーローやヒロインに寄せられる称賛。全体として見ればそれは「学園のスター」とか「学校のアイドル」とかといった言葉に集約されるわけだが、その実態は名もなきモブの一つひとつの賞賛の声の集合体だ。

ことあるごとにスゴイくんたちみたいなモブが「すげえ！」「マジかよ！」「あれで高一？　ありえねえ……」「おい見ろよ。この学校で一番の美男美女カップルのお出ましだぜ」などと口にしてあげなければ、読者の中でヒーローやヒロインの設定がどんどん薄れていってしまう。

読者も忙しいのだ。一つの物語だけを読んでいるわけではない。

特に今のご時世、読者たちはほかにも色々なメディアの色々な物語に触れている。読者の脳内では、たくさんの物語の様々なキャラクターたちが、その限られた記憶容量を奪い合って日々戦いを繰り広げているようなものだ。

だからこそ、彼ら称賛系モブがごく自然な台詞を口にすることによって、物語の設定を思い出させてあげるのだ。

そんなわけだから、設定てんこ盛りのライバルキャラを目の当たりにしたときなどは、

「おい、あそこでシマブクロと向かい合ってるのってまさか、ヌマブクロか？　去年の鳳凰杯決勝で現役最強王者イケブクロに惜敗した後忽然と姿を消していたはずの、ＢＫＲ世代最強と言われたあのヌマブクロじゃないのか。見ろよ、全身のあの無数の傷を。外国ですげえ特訓をしてるって噂だったけど……まさかシマブクロと戦うために日本に戻ってきたっていうのか。ちくしょう、まさかヌマブクロまでシマブクロの実力を認めたってことなのかよ……！」

などとモブらしからぬ長台詞を吐くこともある。

解説系のメインキャラたちと違ってこっちは称賛がメインなので、その後の物語にはもちろんもう登場しない。

そんな持ち上げ系モブの一人であるスゴイくんは、彼の主戦場である学園もののラブコメディの現場で、あの日突然「僕の方ができる！」と叫んで主人公とライバルのテレビゲーム対決に乱入し、得意のゲームで二人を倒してしまうというモブにあるまじき蛮行に出たらしい。

「これからは僕の時代だ！」

と叫んでヒロインに告白しようとしたところを、通報を受けて駆け付けた森井さんたちによって処理されたということだ。

彼の存在などなかったことになった物語は、その後元通りの展開に復旧した。

「深度1ってところか」

A太は呟く。

「その程度なら」

「ああ。不幸中の幸いってところだな」

スゴイくんは、モブではあるけれどゲームが好きで（モブにしては）得意だったらしい。件の物語でのヒーローとライバルはどちらも運動部所属でゲームはあまりやったことがなく、そのため派手な前振りをして始まった割に対決自体はものすごく低レベルの争いに終始する、というコメディ展開だったのだが、それがかえってスゴイくんを刺激してしまったようだ。

自分だっておいしい場面が欲しい。読者の心に残るような台詞を言いたい。メインキャラクターにもっと関わりたい。物語の根幹を支えたい。

それらはみな、モブとして許されざる願いだ。けれど、モブだって同じキャラクターである以上は、抱いても仕方ない感情でもある。

だから俺たちはみんな、その願いを呑み込んで、自分を納得させて物語の裏方に徹しているのだ。物語の歯車としてのモブに、己の役割を見出して。

だけど、どんなによくできたゲームにもバグがあるように、ときにその許されざる願いを暴走させてしまうモブも現れる。

それが闇堕ちモブだ。

願いが深ければ深いほど、思いが強ければ強いほど、闇に囚われたその存在は物語にがっしりと絡みつく。たとえて言うなら、そうだな、道端で踏んづけちまったチューインガムみたいに。物語にこびりついて離れない存在になるんだ。

そうすると物語に歪みが生まれる。最初は小さな歪みだったとしても、物語の進展とともにそれは大きくなる。だから放ってはおけない。

堕ちた闇の深さで示されるのが、闇堕ちモブの「深度」。

1ならまだ大したことはない。一場面での暴走。やり過ぎちまったけど物語は十分にリカバリーが可能。物語世界から離れて闇を漂白し、再教育を受ければ、いつかまたモブの仕事ができるようになるかもしれない。

2以上はだめだ。場面じゃなくて物語を貫くメインストーリーそのものに絡みつき始める。そして最大深度の4ともなれば、物語自体を支配してしまうとも言われている。

だから闇堕ちモブの芽は早めに摘まなければならない。今回のスゴイくんみたいにあからさまな分かりやすいやつばかりじゃない。もっと陰湿な分かりづらい絡み方をするやつだっている。深度1の闇堕ちを見過ごせば、深度2、深度3、と物語への危険度は加速度的に高まっていく。

「B介は闇堕ちモブのハントには行ったことあったっけ」

A太の問いに、俺は思わず顔を曇らせる。

「あるよ」

闇堕ちモブのハント。社員だけでは手が足りないときに回ってくる汚れ仕事。それは俺にとっては思い出したくない記憶だ。

モブの中には誇らしげに、「俺はハント経験二ケタあるんだぜ」なんてまるで戦闘機パイロットの撃墜記録みたいな言い方をするやつもいる。だけど俺はそういう気持ちにはなれない。

闇堕ちしたとはいえ、本来は俺たちと同じ志を持っていたはずの善良なモブだ。彼らと俺たちの間には、誇らしげにハント経験を自慢するやつらが思っている程の隔たりはない。それは多分、何かの拍子に押せば倒れてしまう程度の薄さの壁だ。

明日は我が身。だから俺にはいつもどこかそういう気持ちがある。

「俺もあるけどよ」

A太はコーラをちびりと飲んだ。

「ハントに付き合わされるくらいなら、アポなしで消し飛ばされてたほうがましだな」

全く同感だった。

「さ」

俺は時間を確かめると、缶コーヒーを飲み干して立ち上がる。

「そろそろ仕事に行きましょうかね、相棒」

「あいよ」

A太はコーラを飲み干すと、人目もはばからずに大きなげっぷをした。


「おい、お前ら」

後ろから突然、ごつい手で肩を摑まれた。

「あ？」

ナンパの邪魔をされた俺が振り返ると、いかつい顔の見上げるような大男が立っていた。

「お嬢様にきたねえ手で触れるんじゃねえ」

「へ？　お嬢様？」

俺は今の今まで声を掛けていた、気の強そうな女の子に目を向ける。

「この子が？」

「ナカハシ。私、そいつに肩を触られたのよ」

女の子は偉そうな、それでいてどこか甘えたような口調で大男に言った。

「すごく気持ち悪かったの」

「え、あ、ちょっと」

俺はとりあえず男の手を振りほどこうと身をよじったが、男の力は半端なかった。しかも、その大男だけじゃない。いつの間にか俺は、黒服のごつい男たちに囲まれていた。

「この手で、ですかい」

大男が俺の手を摑む。いてえ。すげえ馬鹿力。

「この手で、お嬢様の肩に触ったんですかい」

「いや、あの」

「そう。その手」

女の子は氷のように冷たい目で俺を見た。

「折っちゃって。もう二度とこんなことできないように」

「へい」

「え？　ちょ、ちょっと待っ……ぎゃああっ」

力任せに指をあらぬ方向に曲げられて、俺は悲鳴を上げた。ばきり、という音がした。

「あーあ。またこの辺のことを知らないナンパ野郎がやられてるよ」

「黒狼組の組長のお孫さんに手を出すとは、命知らずな奴らだぜ」

遠巻きに見ている説明系モブの皆さん、ありがとう。おかげでようやく俺にも状況が呑み込めたぜ。

つまり、今回のターゲットの女の子はヤクザの組長の孫で、ナンパしたら自動的にボディガードみたいな男どもにボコボコにされるってわけね。

「いってぇぇぇ！　俺の手があぁぁぁ！」

俺は叫ぶが、もちろん誰からも同情の声も上がらないし警察に通報もされない。ここはそういう物語の世界なのだ。ターゲットの女の子は地面に崩れ落ちた俺をゴミを見るような目で見下ろすと、冷たい声で言った。

「これに懲りたら、もう二度とこの辺りをうろつかないことね」

「ひゃい、わかりました、すみませんでしたぁ……」

地面に額をこすりつけて情けない声を上げながら、俺は内心舌打ちしていた。ああ、こういうやつが一番嫌いだぜ。権力者や金持ちの家に生まれたってだけで、自分自身も何かすごい人間だと勘違いしてるやつ。ヤクザの家に生まれたのは、別にお前の手柄じゃねえからな、くそが。

もちろん、そんな気持ちはおくびにも出さない。この物語におけるクズは彼女ではなく、間違いなく俺たちの方だからだ。現に、一緒にナンパしていたはずのA太は俺を一切顧みることなく、全力疾走で逃走していた。

「駅前にこんな大きなゴミがあると、ここを通る皆さんが迷惑するわ」

女の子は脇に控える男たちを振り返る。

「邪魔にならないところに捨ててらっしゃい」

「へい」

うるせえよ、それならお前が自分でやりゃいいだろうが。偉そうに命令だけしてんじゃねえ。内心でそんなことを毒づきながら、俺は「ひいい」と情けない悲鳴を上げ、黒服の男たちに両脇を抱えられて退場した。


「ぐえっ」

乱暴に路地裏に放り出され、生ゴミくさいポリバケツの蓋をかぶってしばらくじっとしていると、やがて物語世界を抜けた感覚があった。

「ああ、くそが」

そうぼやいて身体を起こす。昼間のナンパだし、ターゲットも華奢なお嬢さん風の女の子だったから、すっかり油断してたぜ。まさかあんなバイオレンスな物語だったとは。まあ、コンクリート詰めにして海に沈めろとか言われなくてまだよかったな。

「おーい、B介」

ビルの間からA太がひょっこりと顔を出した。

「おお、すげえ」

俺の無様な格好を見て、笑顔になる。

「いい感じでやられてんじゃねえか」

「冗談じゃねえぜ」

俺は蓋をかぶったまま、大男に無理やりへし折られた右手をA太に向かって突き出した。

「見ろよ。あいつら、むちゃくちゃやりやがった」

「おわ、痛そう」

A太は顔をしかめる。

「全治30分ってところか」

「まあな、そんなもんかな」

物語の世界での負傷はその物語世界でのものだから、そこを抜ければ消える。鼻血くらいなら一瞬で止まるし、今の俺みたいに骨折してても30分もすれば治ってしまう。A太みたいにチリになるくらいにやられると、さすがに元の身体に戻るのに一週間はかかってしまうが。

まあたとえるなら、あれだ。

映画を観に行くとする。で、観ている最中はいろんなことを考えたり感じたりするけど、観終わって映画館を出ると、割とすぐに別のことを考え始めると思う。この後のご飯何食べよっかなー、とか、明日の朝って何時起きだったっけなー、とか。

意識が映画の世界を離れて、現実に戻ってくるわけだ。だけど、映画の内容が自分にとってものすごく感動的だったりショッキングだったりすると、映画館を出た後もなかなか現実に戻ってこられなくて、その感情をずっと引きずることってあるでしょ。下手するとそのあと何日も引きずることだってあると思う。

俺たちモブの負傷も、それと同じようなもんだと考えてもらえれば。でっかい負傷は現実にもちょっと影響を及ぼすんだってこと。

「よっこいしょ」

くさい蓋を放り投げて立ち上がった俺は、右手をプラプラさせながら左手でスマホを取り出した。

「今日の仕事、これが最後だったよな。よかったぜ、この後がなくて」

「手が折れてプラプラしてるやつにナンパされたら、女の子が悲鳴上げちまうもんな」

A太がにやにや笑いながら言う。並んで路地を歩きながら、俺はA太を軽く睨んだ。

「お前はやけに逃げ足速かったな」

「当たり前だろ」

A太は気持ち胸を張る。

「ピンチの仲間を置いて躊躇なく逃げることで、俺たち二人の間には何の絆も友情もない、正真正銘のクズ同士なんだっていうことが読者に伝わる。空気が読めないだけのバカがや

られるよりも、同情の余地のないクズがやられるシーンの方が、読者も余計なこと考えずに楽しく読めるってもんだろ？」

「お前の言ってることは完全に正しいぜ」

俺は認めた。

「なんでだか釈然としないけどな」

「そりゃお前の修業が足りねえのさ」

そんな軽口を叩きながら、夕焼けに染まる街を歩く。今日も頑張って働いたおかげで、もうすっかり夕方だ。

「じゃあこの辺で」

「明日は夜のナンパだからな、間違えんなよ」

「あいよ」

A太と別れる頃には、右手は元通り動くようになっていた。その辺の安い店で夕飯済ませて帰るか、などと考えた時、ふと雑居ビルの間を抜ける細い道に目が留まった。

ああ、そうか。そういえば、ここか。

最近はあんまり、街のこっち側に来てなかったからな。

俺はふらりとその道に足を踏み入れた。昼でも薄暗い、しょんべんくさい飲み屋だらけの横丁を抜けると、道は徐々に上り坂に変わった。それとともに足元の舗装も、アスファルトから古ぼけた石畳に変わる。歩き続けると、石畳はところどころ欠けた不揃いの石段に変わった。

俺は石段を上る。ちょうど百段。足もとがすっかり暗くなってきている。最後は駆け上がった。

石段の先にあるのは、街を見下ろす高台だ。最後の一段を上り切り、息を切らして街を振り返る。その瞬間が、俺はたまらなく好きだ。街が全て、自分の眼下に見える。高いビルの向こうに、夕日の最後の光が見えた。

間に合ったな。俺はほっと息をつく。モブの仕事を始めた頃、毎日浴びせられる女の子からの罵声に柄にもなく悩んで、やさぐれて、あてどもなく街をうろついていたときに偶然見つけた場所。気晴らしのつもりで街を眺めていたときに、不意に気付いた。

ここから見たら、街の人間なんて全員モブだな。ヒーローもヒロインもねえ。人間全部、モブじゃん。

そう思ったら、自分の悩みが途端に小さく思えた。

この場所のおかげで、俺はモブを辞めずに済んだ。

ここは俺を救ってくれた場所ってわけだ。

やっぱりたまにはここに来るのもいいよな。

久しぶりに沈む夕日を見ていたら、不意に梨夏ちゃんの顔を思い出した。初めて来たこの街のことを教えてやるなら、ここにも連れてきてあげればよかったな。もう二度と叶わない幻のようなデートのことを思い出して、俺は少し悔やんだ。

やがて夕日が完全に沈み、街が闇の中で輝き出すのを見届けて、俺は石段を下り始めた。

そのとき、ポケットの中でスマホがぶるりと震えた。メールだろうと思っていたら、振動がいつになっても止まない。

なんだ、電話かよ。取り出して画面を見ると、「会社」の表示。なんだ？

仕事ならアプリを通して送ってくるはずなのに、電話って。何かあったのか。

「……もしもし」

「あー、よかったぁ！」

電話の向こうから、男にしては高い、早口の声が聞こえてきた。

「出てくれてよかったです、B介さん！　ありがとうございます！」

「……寺井君かよ。どうしたの」

今日の当直は寺井君だったようだ。この電話、悪い予感しかしない。

「また急な仕事が入っちゃったんです」

案の定、寺井君は憐れっぽい声を出した。

「B介さん、お願いできませんか」

「別にいいけどさ」

ため息交じりに答える。

「何で直電なの。アプリはどうしたの」

「アプリは六時から九時まで臨時メンテですぅ」

寺井君は情けない声を出す。

「そういうときに限って、いきなり飛び込みの仕事が三件も入ったんですよ、三件も！　アプリが使えないから、いちいちモブの人一人ひとり、電話で探してるんですよ！」

おう。今日も盛大にテンパってるな。

試しにスマホを耳から離してアプリを起動してみると、確かにマイページに飛ばない。うちの会社の、社員からも顧客からも、あらゆる層から評判の悪いマスコットキャラクター、モビー星人が、首だけでアイソレーションをしながらにやにやと笑って「め・ん・て・な・ん・す」とか言ってるしょうもない画像が繰り返し流れるだけだ。

ただでさえ嫌われてるのに、アプリ開いてこんな画像見せられたらモビー星人の人気は地に墜ちるんじゃねえのかな、などと余計な心配をしながら、アプリを閉じる。

スマホを耳に付けると、寺井君がまだわーわーと泣き言を言っていた。

「社からの緊急の電話にも可能な限り対応するっていうのは契約にも書いてあるわけじゃないですか。B介さんとかA太さんみたいにちゃんと出てくれる人もいますけど、F男さんとかG美さんなんて一回も出てくれたことないんですよ。留守電残しても、反応すらないんですよ。それってどうなんですかね、社会人として。事務所に来たときは偉い人にだけは愛想ふりまく癖に、全然仕事してくれないんですよ。そうしたら結局、まじめに受けてくれた人だけが苦労することになるじゃないですか。そりゃお金はその分もらえますけど、皆さんプライベートの時間を削ってるわけでしょう。確かにそういう職種ではありますけど、負担はみんなができるだけ平等に」

「まあ待て、寺井君」

入社二年目にして直面した社会の矛盾に憤っている寺井君のマシンガンのような義憤を、俺は冷静に押し留める。

「気持ちは分かるよ。その話はまた今度、忘年会の時にでもじっくり聞いてやるからさ」

「忘年会って」

寺井君は声を裏返らせる。

「いったい何か月後の話ですか⁉」

「まずは仕事を片付けようや」

夜の闇の底でネオンの光を放つ街を見下ろしながら、俺は言った。

「相手をあんまり待たせたら、物語の展開に支障が出る。それはモブが絶対にやっちゃいけないことだ。そうだろ？」

高台に、びゅう、と風が吹くとその音が寺井君にも聞こえたようだった。

「風の強いところにいるんですね、B介さん」

寺井君は遠慮がちに言った。

「周りも静かだし、もしかして、もう家の近くですか」

「大丈夫だよ、まだ街にいるから」

俺は答える。

「それで、仕事は？」

「ああ、はい。ええと」

寺井君が、かたかたと端末を叩く音。

「ナンパじゃないんです、今回は。似てはいるんですが」

「そうだろうね」

俺のメインの仕事はナンパだが、臨時の飛び込みの仕事はそれだけというわけにはいかない。前もってモブの予約もできないくらい急ぎで捻じ込まれた仕事ということは、作者さんも相当展開に苦労していることが多い。

もうアイディアが出てこないから、とりあえず何か事件でも起こしてみるか、みたいな雑なノリで仕事が降ってくることも結構ある。そういうものの中には、突拍子もない依頼が含まれていたりするのだ。この間のA太の件みたいに。

俺が受けた中で一番びびったのは、街に「しりとりでしか喋れなくなる」という奇病が広まったという設定を今思いついたので、通行人としてひたすらしりとりをしていてください ってやつだ。

あれ、いったいどういう風にストーリーが展開したのか今でも気になってる。いつまでやってればいいかも分からないから、ペアを組んだ女性モブと二人でずーっとしりとりやってた。「る」ばっかりで攻めてくるもんだから、「ルビー」は二十回くらい使った。

「まあできるだけ対応するよ。何？」

俺が言うと、寺井君は明るい声で答えた。

「声掛けだけです」

「声掛けだけ？」

「はい、要は酔っぱらいの通行人モブです。公園のベンチに一人でぽつんと座って泣いてるヒロインに、通りすがりに『おう、ねえちゃん。一人でどうしたの。彼氏にでも振られたのか』って声を掛けてください。ヒロインは反応しないので、そのままへらへら笑いながら通り過ぎてください」

「簡単だな」

いつものナンパに比べれば、遥かに簡単だ。ただ声を掛けるだけの仕事。それで一本分の給料が出るなら悪くない。

「ええとこれはですね。失恋してしまったヒロインの悲しさとか惨めさを強調するのが、このモブの役割でして」

「分かってるよ、そんなこと」

言われるまでもない。とてもつらい状況にいるヒロインに対し、通りすがりにデリカシーのない言葉を投げかけて去っていくモブ。それによってヒロインの孤独はいっそう強調される。

依頼内容を聞いただけで、作者さんが読者に伝えたいメッセージをモブとしてどう補強するか、大体のイメージは付く。その程度には、俺もモブの経験を積んでいるのだ。

寺井君からその公園の場所を確認して、俺は電話を切った。スマホをポケットに入れ、石段を下りる。ヤクザに手をへし折られても一件。声を掛けて通り過ぎるだけでも一件。それだって不平等といえば不平等だ。だけどそんなことを言ったたって仕方ない。

寺井君、世界ってのは不平等の段差でできてるんだよ、きっと。


小さな公園だった。

一応は「児童公園」という名前が付いているだけあって、小学生でも物足りなさそうな低い滑り台が一基、申し訳程度に置かれてはいたが、それ以外に遊具は何もなかった。代わりにでかでかと『ボール遊び禁止』と書かれた看板がこれ見よがしに立てられている。

まあ確かに、こんな狭い公園でボール遊びなんかしたら、道路に転がったり民家に飛び込んだり、危ないだろうからな。禁止にされるのは仕方ない。

かといって、鬼ごっこをするにしても何の起伏もないし、狭すぎる。隠れるところもないからかくれんぼもできない。実に微妙な公園だ。子供たちもこの公園で遊べと言われたら、全員が携帯ゲーム機を持ち寄ることだろう。

敷地の両端に、ベンチが一脚ずつ設えられていた。公園の中央に一つだけある街灯は切れかかっているようで、時折瞬きするように点滅した。その弱い光に照らされて、隅っこのベンチに女の子が一人、うつむいて座っていた。

あの子だな。その背中が時々小さく揺れるのは、しゃくりあげているからだろうか。俺は公園を斜めに突っ切りつつ声を掛けることにした。帰宅の道をショートカットする通行人、というわけだ。

俺が冷やかしの声を掛けて去った後で、ヒーローになる男が慰めに現れるのか。それとも、今日のところは、彼女はつらい気持ちのままで終わるのか。その辺りの展開は俺には分からないし、予想しても仕方ないことだ。さ、俺は俺の役目を果たそう。

公園に足を踏み入れる。じゃり、という砂を踏む音。俺はシラフだが、今は酔っぱらいのモブだ。少しふらつき気味に歩く。

「おう、ねえちゃん。一人でどうした」

公園のちょうど中央あたりで、ベンチの女の子にそう声を掛けた。

「彼氏にでも……」

振られたのか。ごく簡単な台詞。だけど最後まで言いきることができなかった。点滅する街灯の下で、俺はバカみたいに棒立ちになった。

ヒロインは反応しません。

寺井君、お前そう言ったじゃんかよ。

俺の声に反応して上げたその顔を、見間違えるはずはなかった。涙に濡れた赤い目でこちらを見ているのは。

梨夏ちゃんだった。

「……さつきさん」

梨夏ちゃんが俺を見て、そう言った。大きな目をまんまるに見開いて、街灯のせいで影になった俺の顔をじっと見つめている。

え？

いや、待て。え？　え？　梨夏ちゃん？

俺はすっかりテンパっていた。さっきの寺井君のテンパりなんて可愛いくらいのとんでもないテンパり具合だった。

なんだ、これ。どうして君がここにいるんだよ。どうしてこんなところで泣いてるんだよ。

何だ。失恋したって、君のことなのか。あの彼はどうしたんだ。確か、ヒロキとかって名前の。

っていうか、今の俺の状況ってモブとしてすごくヤバくないか。

頭の中を様々な疑問が埋め尽くして、何を言ったらいいのか分からない。だけどこのまじゃまずい。何か言わないと。何か。何かって何だ。わかんねえ。わかんねえけど、とにかくまずは口を開け。

言うべき言葉を見失って台詞のすっかり飛んでしまった俺は、梨夏ちゃんがさっき俺に言った言葉をそのまま鸚鵡（おうむ）返しした。

「さつきさん？」

「あ」

泣き腫らした目で、それでも梨夏ちゃんは恥ずかしそうに微笑んで口に手を当てる。

「ごめんなさい」

「え、いや」

思わず首を振る。まずいまずい、と心の中の冷静な俺が叫ぶ。え、いや。じゃねえんだよ。何を普通に会話してんだ。自分の役割を思い出せ、B介。

これは完全にイレギュラーな事態だ。彼女が傷ついていたところに見知らぬ男から下品な言葉を掛けられる。今回の依頼のそのシチュエーションは、もう成り立たない。だって、彼女と俺が顔見知りだったんだから。その時点で、もう俺は通りすがりの酔っ払いモブではいられないのだ。

もしも初めて彼女と出会ったときのナンパが、いつも通りすぐに断られて終わっていたとしたら、この酔っ払いモブがその時のナンパ野郎と同一人物だって別に問題はなかった。お互いにもう相手の顔なんて、ろくすっぽ覚えちゃいないだろうからだ。

だけど、これはまずい。俺たちはもう二度も会っているし、よりによって彼女の方から話しかけられるなんて。しかも、こっちも馬鹿正直に返事をしてしまった。最悪だ。

とはいえ、とにかくひと声は掛けたんだ。俺の仕事は終わりだ。さっさとこの場を立ち去るべきだ。これ以上、何も喋らなくていい。余計な爪痕を残してしまう前に、離脱するんだ。

それがモブとして正しい選択だということは、頭では分かっていた。だけど、俺の身体は動かなかった。それは、もう一人いたからだ。

こんな梨夏ちゃんを置いて、へらへら笑いながら立ち去れって？　真っ赤な目をして泣いてるんだぞ。初めて俺のナンパに付き合ってくれた女の子が。てめぇは鬼か。そんなの無理に決まってんだろ。

そう言っているもう一人の俺が、確かに俺の中に。

この子は、単なるたまたま見かけた見知らぬ女の子じゃねえ。もう二回も会ってる、名前だって知ってる女の子じゃねえか。それが泣いてるんだぞ。放っておけるかよ。

——それは違う。

B介、その考えはモブとして間違ってる。冷静な自分がそう言っている。

そうだ、間違ってる。キャラクターが男気を見せるシーンってのは、物語の華なんだ。だから、泣いてる女の子を放っておけるか、なんていう男気は、俺みたいな名前もないモブが出していいものじゃない。

俺だって昨日今日のモブじゃない。そんなことは痛いほど分かっていた。だけど、俺はその場から動けなかった。

棒立ちしたまんまでためらっている間に、梨夏ちゃんは手の付け根でごしごしと目をこすった。この子らしい、少し幼い仕草だった。

「まさかこんなところでまた会えるなんて思わなかったです」

梨夏ちゃんは自分の足元を見つめて、そう言った。

「よりによってこんな時に、ですけど。ほんとにすごい確率。この街って私の田舎くらい人口が少ないわけじゃないですよね」

彼女の言う通りだ。いや、まじですごい確率だよな。まるで仕組まれてるみたいだぜ。こんなモブにヒロインとの出会いを仕組むような暇人はいないだろうから、本当にすげえ偶然ってことなのか。

そんなことを頭の中でぐるぐると考えながら、何も答えられない俺は、きっとかなりの間抜け面を晒していたはずだ。街灯を背にしているので、彼女からはっきりとは見えないだろうってことだけが救いだった。

「さつきさん」

梨夏ちゃんはもう一度、俺を見て言った。

「勝手にそんな名前で呼んじゃってごめんなさい。だってお兄さん、名前教えてくれないから」

名前？　名前だって？

「だから、勝手に私だけがそう呼んでたんです。お兄さん、この間は覚えていないって言ってたからもう一回説明しますね。私、この街にきた初日に、水無月(みなづき)駅で降りるはずが間違って皐月(さつき)駅で降りちゃったんです」

俺の動揺に構わず、梨夏ちゃんは続ける。

「アパートが見付からなくて困ってた時に、名前も知らないお兄さんが私を助けてくれました。すごく親切なお兄さんでした。私の荷物を見ててくれて、おしゃれなカフェやボウリングや夜景の見える居酒屋さんに連れて行ってくれて、最後は私の勘違いに気付いて駅に送って切符まで買ってくれて」

梨夏ちゃんの目は、間違いなく俺を見ていた。名もなきモブの、俺を。

「名前も教えてくれなかった、皐月駅の優しいお兄さん。だから、さつきさんです」

　さつきさん。

『突然降ってきたんだよ、俺の名前が頭ん中に。あなたの名前はゾークですって声がしてさ。嬉しかったぜ』

　なぜか不意に、伝説の盗賊モブ、ゾークさんの言葉が頭をよぎった。

　〝突然降ってきた〟

　そうだよ。名前って、そういう風に付けてもらうんだろ。

　名前ってのは、作者さんが設定として決めてくれるものであって、その物語が始まる時には、もう自分の中にあるものなんだよ。だから、他の登場人物に自分の名前を尋ねられたりしたら、すっと自然に答えることができるんだ。ゾークさんが言うみたいに、まるで天から与えられるみたいにして付けてもらうものなんだ。

　俺には、相変わらず名前はなかった。頭の中にそんな声は響いてこなかった。俺自身にも自分の名前なんて分からない。梨夏ちゃんが、もしまた俺に名前を尋ねてきたら、俺は返す言葉を持たなかっただろう。

　この物語に、俺の名前はない。それは厳然たる事実だった。

　名前は、天から降ってはこなかった。だけど。

「……俺が？」

おそるおそる自分の顔を指差す。

「さつきさん？」

「ごめんなさい」

梨夏ちゃんは申し訳なさそうな顔をした。

「お兄さんのことを何て呼べばいいのか分からなくて、それで」

「いや」

彼女の言葉を遮って、首を振る。

「さつきさんでいいよ」

名前は降ってこなかった。俺はモブのままだった。だけど、今目の前の女の子が付けてくれた。初めての、俺の名前を。

皐月駅で出会ったお兄さんだから、さつきさん。

それだけで十分だった。俺に決意を固めさせるには。

名無しのモブには、十分すぎる報酬だった。だから、俺は心を決めた。

決めたよ。それがどんな結果を生むことになったとしても。

「やれやれ、参ったな」

俺は頭を掻く。

「どうしてこんなところで泣いてんだよ、梨夏ちゃん」

俺がその名を口にすると、彼女の目が驚きで見開かれた。

「私のこと、覚えて」

「当たり前だろ」

俺は笑顔で彼女に歩み寄る。

「何があったんだよ」

彼女へと近付くその一歩一歩が、もしかしたら闇へと続く道なのかもしれねえけど。それでも、俺は。

「力になるぜ。さつきさんに話してみな?」

5. モブの心情にまで、作者は筆を割かない。

「力になるぜ。さつきさんに話してみな？」

俺はそう言って、梨夏ちゃんの隣に腰を下ろす。モブとしての領分を明らかに超える行動。だけど、もう覚悟はできていた。

今だけは、俺はモブじゃない。俺は皐月駅でヒロインを助けてあげた気のいい兄ちゃん、さつきさんだから。

「こう見えても、伊達に毎日ナンパしてねえからよ」

俺は胸を張る。まあ全て振られているわけだが。毎日ナンパしているのは嘘ではない。

「そうですよね、毎日ナンパしてるんですもんね」

梨夏ちゃんが真面目な顔で頷くので、言った方が恥ずかしくなる。

「そんなさつきさんに話したら、何だそれって笑われちゃうことかもしれないんですけど」

梨夏ちゃんはそう言って躊躇う素振りを見せた。

「笑わないでほしいなら、笑わねえよ」

俺は答える。

「笑い飛ばしてほしいなら、思いっきり笑ってやるけどな」

「笑い飛ばす……」

梨夏ちゃんは俺の言葉に真剣な顔で考えこんだ。

「……ごめんなさい、まだ笑い飛ばせるところまではいかないかも」

「よし。じゃあ笑わない方向で行こう」

俺は頷いて腕を組む。

「聞くぜ。何があったのか」

「はい。ええと」

どこから話せばいいのかな、と呟いて梨夏ちゃんはまた口ごもる。俺は何も言わず待つことにした。天然で真面目な梨夏ちゃんは、俺の軽口にいちいち真剣に反応して考えてくれるので、俺が何か口を挟むと一向に話が進まないことが分かったからだ。

話を聞くっていうのは、結構難しいな。改めてそう思う。ナンパモブをするのに、女の子の話を聞く必要なんかない。むしろ、女の子の話を全然聞かないことこそナンパモブの真骨頂と言えるかもしれない。

前回梨夏ちゃんと一緒に遊んだときだってそうだ。あの時は、ほとんど俺が喋っていた。彼女はずっと、ふわふわと楽しそうに笑っていた。その時の俺は、頭の中ではヒーローがいつ来るのかってことと、この店いくらかかるんだってことばかり考えて、口を脊髄と直結させてその場その場の反射で何も考えずに適当なことばかり喋っていた。

だから、梨夏ちゃんが何を喋っていたのかもあまり覚えていない。覚えているのは、その不器用な身のこなしと垢抜けない服装、後はそう、とにかく楽しそうな可愛い笑顔くらいだ。ああ、俺でも女の子をこんな笑顔にできるんだな、なんてそんなことを考えていた。

「ええと」

もう一度、梨夏ちゃんが言った。

「あのですね」

「うん」

そこに、ちょうどさっき俺がそうしようとしたように、公園を斜めに突っ切っていく通行人がいて、梨夏ちゃんは、はっとそちらを見た。

通行人のおっさんは、ベンチで泣いていたっぽい女の子とその横に座るヤカラ風の男という組み合わせにちらりと奇異の視線を投げかけたが、俺が噛み付きそうな顔をしているのを見てそのまま歩き去っていった。その背中を見送った後で、梨夏ちゃんはうつむいて足元を見た。

「ええとですね」

またそう繰り返す。振り出しに戻ってしまった。本題は一向に始まらない。

……さて、どうしたもんかな。俺は真っ暗な空を見上げた。街の明かりのせいで、星はほとんど見えない。たまに光っているのは、飛行機か人工衛星の明かりだ。今日はビルの陰にでも隠れているのか、月もここからじゃ見付からなかった。

　ここは中途半端に静かなんだ。俺は思った。打ち明け話をするには、中途半端に静かで声が通るし、かといって全然人通りがないわけでもない。話をするなら、どっちかに振り切った方がいい。めちゃくちゃに静かか、ばかみたいに賑やかか、どっちかに。

　よし。

「えっと……」

梨夏ちゃんがまた続きのない「えっと」を口にした時、俺はそれを遮るように言った。

「夕飯、もう食った？」

「え？」

俺の問いに、梨夏ちゃんは驚いたように顔を上げる。

「いえ、まだ……」

「それなら、飯でも食いながら話そうか」

俺が立ち上がると、梨夏ちゃんは真っ赤な目で困ったように俺を見上げた。

「でも、あの」

「俺がおごるからさ」

「いえ、だめです」

梨夏ちゃんは慌てたように首を振る。

「そういうわけにはいきません」

「ああ、でも勘違いしねえでくれよな」

俺は冗談めかして付け加えた。

「今日はナンパじゃねえからさ。この前みたいなくそ高い店には行かねえぜ。俺の生活レベルに合わせたきったねえ店に行くけど、それでも良ければって話だ」

その言葉が梨夏ちゃんの緊張を少しほぐしたようだった。

「……行ってみたいです」

おずおずと梨夏ちゃんは言った。

「さつきさんの行きつけの店」

「行きつけなんてかっこいいもんじゃねえよ。ただの激安チェーンの居酒屋だ」

「あの」

梨夏ちゃんは立ち上がった。

「でも、お金は私も出します」

「いくらでもねえって」

歩き出しながら、俺は言った。

「ほんとにそんな店だから。常連になったって店員がめんどくさそうな顔するだけなんだから」

俺のよく行く安い居酒屋は、相変わらず安い酒を求める安い客で溢れかえっていた。どいつもこいつも安い酒を安いからってバカ飲みするせいで、安い頭がさらに安っぽくなって、話してるしょうもない安い話の安さにさらに拍車がかかる。

安い酒は足じゃなくてまず耳に来るんだ。飲んでるうちにいきなり耳が遠くなる。だからみんな自然と声がでかくなる。

「いぃらっしゃいませぇえ！」

だから店員の声もシャウトみたいになるし、客同士の声が重なり合って、隣の客ですら何を話しているか分からない。そういう店の小さい二人掛けの席に俺は梨夏ちゃんと身体を押し込んだ。明かりの下で見る梨夏ちゃんはやっぱり可愛かったけど、どう見ても泣き腫らした顔をしていた。

「おう、兄ちゃん。彼女泣かせんなよ！」

便所に立ったおっさんが通りがかりにそう声を掛けていく。お前はさっきの俺か。モブでもないのにモブの仕事するんじゃないよ。

「すみません」

梨夏ちゃんは恐縮した顔でうつむいた。

「私、今日こんな顔だから」

「いいのいいの」

俺はちらりと店を見まわす。

「この店、女が泣き出すのなんて日常茶飯事だから。別に誰も気にしないから大丈夫」

それは梨夏ちゃんを安心させるための嘘でも何でもなく、本当のことだった。別れ話のこじれたカップルも不倫に疲れたOLも人生そのものに疲れたおばさんたちも、みんなあちこちで泣き喚くし、誰もそんなのをいちいち気にしない。

「明け方に店員と客が血塗れで殴り合うような店だから。泣くくらい、かわいいかわいい」

そう言って、端っこが折れてラミネートの剝がれかけたメニューを梨夏ちゃんに差し出す。

「何飲む？」

「ええと」

梨夏ちゃんの赤い目は、アルコールとソフトドリンクを行ったり来たりする。

「今日は、飲んでもいいですか」

「こないだだって飲んでたじゃんかよ」

そう言うと、梨夏ちゃんは恥ずかしそうな顔をした。

「そうですよね。私、お酒好きなんです」

あー、かわいい。

「居酒屋なんだから、飲めばいいよ。あ、でも」

俺は大事なことを事前に伝えておく。

「こないだの店と同じつもりで飲むと、明日大変なことになるからそれだけは覚悟しといてくれよな」

「え？　大変なことですか？」

「安い酒は次の日に残るんだよ」

俺は一応声を潜めて言った。まあ店員に聞こえたところで気を悪くすることもないだろうが。

「この店の酒は、安い酒界でも一目置かれる安さだからさ。飲むのはいいけど、こないだの店よりもゆっくりのペースで。口を滑らかにする程度にしておくこと」

「はい」

梨夏ちゃんは少し安心したように頷く。

「じゃあ……生中で」

「おう」

俺は焼き鳥の大皿を持って通りかかった店員に声を掛ける。

「すみません、こっち生二つ」

「あいよ、生二つ！」

「生二つ！」

「生二つ！」

「生二つ！」

　こだまのように店員たちが叫んでいく。きっとその中の誰かがビールを注いでくれるんだろう。厨房の中はあまりじっと見ない。調理過程とか衛生状態とか見てはいけないものが目に入って怖いから。

　その代わりに、おしぼりで手を拭いている梨夏ちゃんの顔を見ると、梨夏ちゃんも顔を上げてこっちを見た。ちらりと照れたように笑う。その顔に、胸がぐっと詰まる。

　元気になってくれますように。梨夏ちゃんの笑顔に俺は、柄にもなく祈っていた。それだけでいい。どうかこの子が、元気になりますように。


　一杯目の中ジョッキが空になるころ、お通しのピーナッツをこりこりと齧った梨夏ちゃんが、ようやく話し始めた。

「実は、今日泣いてたのはヒロキとのことが原因なんですけど」

　そう言いかけて、

「あっ、さつきさんにヒロキって言っても分かんないですよね。ごめんなさい」

　と謝る。

いや、分かる。ヒロキっていうのはこの前会ったときに、後から現れて梨夏ちゃんを送って行ってくれたちょっと陰のあるイケメンの彼のことだろう。そうは思ったけど、まあ好きに話してもらった方がいいな。

「いや、いいよ。ヒロキって誰？」

すっとぼけてそう尋ねると、梨夏ちゃんはなぜか少し曖昧な顔をした。

「えっと……」

思い出すようなそぶり。あれ、もう酔ったのか、と思ったら梨夏ちゃんは少し覚束ない口調で、

「幼馴染、みたいな感じなんですけど」

と言った。

「幼馴染ね。幼稚園とか小学校から一緒ってこと？」

「あ、そこまでじゃなくて」

梨夏ちゃんは顔の前で手を振る。

「ヒロキとは中学校から、なんですけど。ですよね？」

「いや、俺に聞かれても」

知らんがな。こんなところでも天然っぷりが炸裂している。

まだ酔ったわけじゃないことが分かってほっとした。そりゃそうだよ、この店の酒が工

業用アルコールと大差ないからって、ビール一杯じゃいくら何でも早すぎる。

「そうですよね、何言ってるんだろ私」

梨夏ちゃんは照れ笑いをして、それからもう空のジョッキに口をつけた。俺はジョッキの底に残った生ビールを飲み干す。

「まだビールでいいの？」

「あ、えっと」

梨夏ちゃんは迷った顔をする。

「さつきさんは」

「俺はこっからずっとハイボール」

そう言いながら汚いメニュー表を梨夏ちゃんに見せる。

「ほら。このへん、甘いのもあるよ」

「あ、ほんとですね。ええと」

梨夏ちゃんはサワーの辺りに目を走らせて、

「じゃあこの、いるかさんサワーっていう」

「やめとけ」

俺は梨夏ちゃんの言葉を遮った。店の名前を冠したそのサワーは、ここの店長が勝手に作ったオリジナルメニューだ。原材料不明ながらも最も手っ取り早く酔っ払えるという、

そのかわいい名前とは裏腹の凶悪さで、安い客たちから絶大なる支持を受けていた。

「それくそまずいから。他のにしな」

「そうなんですか。じゃあ、くまさんサワーで」

「すみません、こっちハイボールとくまさん」

「あいよ！」

返事をした店員が、さっき頼んだ唐揚げや炒め物をテーブルに置いていく。

「食べて食べて」

そう勧めながら、話を戻す。

「じゃあヒロキ君は中学校の同級生だったってわけか」

「あ、はい。高校も一緒で」

「へえ」

「彼は私と違って成績が良かったから、高校卒業してからこっちの大学に来たんです。そのまま、就職もこっちで」

梨夏ちゃんはそう言って微笑んだ。

「私は地元の専門学校を出てから向こうで働いてたんですけど、一念発起しまして」

そう言って、ぐっと握り拳を作る。

「こっちの会社に就職したんです」

「おう、がんばったね」

俺は頷く。

「そうか。それで、こっちに来た日に俺に会ったってわけか」

「あ、そうです！」

俺の言葉に、梨夏ちゃんは嬉しそうに頷いた。

「あの時は本当にお世話になりました」

改めて深々と頭を下げる梨夏ちゃんの前に、店員がくまさんサワーを置いていく。

「いいからいいから。ほら、酒来たよ」

「はい」

顔を上げて、てへへ、と笑った梨夏ちゃんはそれを一口飲んで、

「わ、はちみつ」

と感想を漏らした。俺は彼女に意地悪な質問をぶつける。

「ヒロキ君とは、高校時代とかに付き合ってたの？」

「え!?」

サワーグラスを握ったまま、梨夏ちゃんの動きが止まる。図星だ。

「ど、どうして分かるんですか」

「いや、なんとなく」

あの日、お互いに見つめ合っていた二人はただの同級生という雰囲気ではなかった。それくらいのことは、俺のようなモブにも分かる。いや、モブだからこそか。

キラキラと輝く人たちの動きにばかり気を配っているから、自分には経験がないくせに自然とそういうことが分かるようになっているのかもしれない。

「高校じゃなくて、中学の時です。付き合ってたのは」

恥ずかしそうに梨夏ちゃんは言った。

「付き合ってたって言っても、せいぜい一緒に帰ったり手を繋いだりしたくらいで、そのまま自然消滅しちゃったし」

「高校では付き合わなかったの」

「高校時代はお互い、別々の相手がいました」

「ほう」

さすが、物語の中心になるような子は学生時代も輝いている。ろくに通うこともなく高校なんて辞めてしまった俺やA太とは違う。

「でも、ずっとヒロキのことは気になってたんです。ヒロキも私にちょくちょく連絡をくれるから、もしかして向こうも私のこと気になってるのかなあ、なんて思ったりもして。だから、ヒロキがこっちの大学に来た後も、卒業したら地元に戻ってくるのかなってちょっと期待してました」

「でも、戻ってこなかったわけだ」

「はい」

梨夏ちゃんは頷く。

「こっちで就職したって聞いて、ああ、そうかあって思って。私はもうその時地元で働いてたんですけど、何だか急にモチベーションを失ったっていうか……それで、別にヒロキを追いかけてきたっていうわけじゃないんですけど、ヒロキがこっちで頑張ってるのなら私も都会でチャレンジしてみようかなって思って、勢いでこっちの会社の面接を受けたら受かっちゃって」

そこまで喋ってから、ふと我に返ったように俺を見る。

「……気持ち悪いですか、私」

「どうして？」

「いえ、なんとなく……中学の時の彼に、この歳まで未練があって追いかけてきたみたいな風に見えるかなって」

「全然。もしそうだとしても、気持ち悪くなんてないけどね」

俺はハイボールを一口飲む。相変わらず消毒液みたいな臭いのするハイボールだ。

「前向きな恋愛で、いいんじゃないの。それでヒロキ君には連絡したの？」

「ヒロキには内緒だったんです。こっちの生活が落ち着いたら連絡して驚かせようかなって思ってたんですけど。そうしたらこの前、皐月駅で偶然」

そこまで喋ってから、梨夏ちゃんは「あっ」と言って俺を見た。

「その時、さつきさんもいましたよね」

「さあて」

俺は首を傾げて川海老の唐揚げを口に放り込む。

「覚えてねえな」

「そう、ですか」

梨夏ちゃんは少し不服そうな顔で、それでも頷いた。

「その日偶然ヒロキに会って、家まで送ってもらったんです。それから、時々二人で会うようになって」

「おう。よかったね」

「私も嬉しかったんです。仕事先の人もみんな親切だし、こっちでの生活すごく順調だぁって。この街の人って、みんないい人ばっかりですよね」

梨夏ちゃんは、今までにこっちで受けた数々の親切を思い出したのか、少し笑顔になった。

「一番最初に会ったさつきさんが一番親切でしたけど」

「何言ってんだよ」

不意打ちで名前を出された俺が思わず照れて顔を背けると、梨夏ちゃんはそんな俺を見て、ふふふ、と笑う。

別にこの街の人間みんなが親切なわけじゃない。俺だって特別に親切な人間ってわけでもない。みんなが君に親切なのは、多分君の人柄のおかげだと思うよ。

「時間があると、ヒロキとは一緒に晩ご飯食べて、その時に地元の話とか仕事の話とかをして、ああ、もしかしてこのまま付き合っちゃうのかな、なんて思ってもいたんですけど」

そこまで言って、梨夏ちゃんはうつむいた。

「でも、多分私の方だけ勝手に盛り上がってたんです」

「どうして？」

「えっと」

梨夏ちゃんはかすれた声を出した。

「今日、いつもみたいに電話してたら、急にヒロキが言うんです。相談に乗ってくれないかって」

「ほう」

「その相談っていうのが、ヒロキが今気になってる女の人のことだったんです」

梨夏ちゃんはそう言って、涙目でちびりとくまさんサワーを飲んだ。

「仕事帰りにヒロキから電話がかかってきたから、私、ちょっとうきうきして出たんです。

この時間からなら、まだ晩ご飯一緒に食べられるかも、なんて思って。そうしたらヒロキ、ちょっと相談したいことがあるんだ、なんて言って。俺、女の子の気持ちがよく分からないから、ちょっと相談に乗ってくれって」

「そっかあ」

頷きながら俺は川海老の唐揚げを摘まむ。油断するとたまに茶色いあいつまで一緒に揚がってたりするので、この店のはよく見ながら食わないといけない。

「それで、梨夏ちゃんは相談に乗ってあげたわけか」

「はい」

梨夏ちゃんはこくんと頷く。

「ばかですよね」

「別にばかじゃねえよ」

まあこの子ならそうするだろうな、というのは、会うのがまだこれで三回目の俺にも分かる。好きな相手の別の人への恋を応援してあげちゃうような、垢抜けない不器用さ。それは彼女のイメージにぴったりだった。

そこでばしっと自分の気持ちを告げたりできるような子だったら、きっともっと違う人生を歩んでるんだろう。どっちの方が魅力的かっていうのは、もう好みの問題だ。俺は、こういうこの子が好きだ。

そんなことを考えながら、目の前の梨夏ちゃんを見る。化粧はすっかり崩れてしまっているが、それでも可愛い。

かわいそうにな。俺は思った。そのヒロキ君ってのも大概だぜ。何だってそんな相談を梨夏ちゃんにするのかね。梨夏ちゃんが自分のこと好きだって気付かないもんなのかね。第三者の俺にだって分かるのによ。

もしかして、あれか。ヒロキ君ってのも梨夏ちゃんばりの天然ボケ男なのか。その可能性に思い至り、俺はまずいハイボールをちびりと飲む。

そうだとすると、このカップルはまずいな。ツッコミのいないボケだけの漫才コンビみたいなもんだ。それは漫才にならない。いつまでたっても軌道修正されないから、話はとめどなく脱線して、本題に入れないまま時間だけが過ぎていく。

そういう二人を物語の主役にしたら、書く方も苦労するんじゃねえのかな。知らんけど。

「で、ヒロキ君の気になってる女の人ってのはどこの誰なの」

俺は尋ねた。

「彼の職場の人とか？」

「そこはぼかして、はっきりと言ってくれないんです」

梨夏ちゃんは答える。

「恥ずかしいみたいで」

「ふうん」

そこまで相談しておいて、恥ずかしいということもあるのかね。まあ、俺のようなモブには分からん。

「じゃあどんな相談してきたの」

「えっと、ヒロキはその人のことが結構前から気になっていて」

「うん」

「それで、その人もヒロキのことを悪く思ってないっていうか、もしかしたら好きなんじゃないか……って、これはヒロキの予想ですけど」

「うん」

つまり、ヒロキ君には両片思いっぽい関係の子がいるわけだ。梨夏ちゃんとよくメシ食いに行きながら、ほかの女の子といい感じになる余裕まであるとは。すげえな、さすがは物語のヒーロー。

俺なんて毎日女の子に声かけてるけど、いい感じになったことなんて……まあ、それはいいか。俺のは仕事だしね。うん。仕事。

「こういうのって脈あるのかなって聞かれたんです」

梨夏ちゃんは言う。

「たとえば、仕事が終わった後によく一緒に晩ご飯を食べに行ったり」

ほう。すげえな。その子とも飯食いに行ってんの？　とっかえひっかえじゃねえか。

「電話すると3コールまでですぐに出てくれたり」

「ほう」

それは脈ありなんじゃねえのかね。よく知らんけど。

「その人と一緒にいるとヒロキはすごく楽しいらしいんですけど、その人もヒロキといるときはいつも笑顔なんですって。そういうのってどうなんだろうって」

「うーん……」

それだったらもういっちゃえよヒロキ。って思うけどね。俺の顔があれぐらいかっこよかったら、絶対いくけどな。

「それで梨夏ちゃんは何て言ったの」

「えっと……」

梨夏ちゃんはくまさんサワーのグラスを持ったまま、泣き笑いのような顔をした。その目から、思い出したように涙が一粒、ぽろりとこぼれる。

「それ脈ありだよ、その人絶対ヒロキのこと好きだよって」

梨夏ちゃんは声を詰まらせた。

「私、そう言いました。頑張って、無理に明るい声を出して」

「そっかあ」

「電話が長くなりそうだったから、私さっきの公園のベンチで話してたんです。私が、その人絶対ヒロキのこと好きだよって言ったら、ヒロキすっごく喜んで。電話の向こうでテンションがものすごく上がってるのが分かったんです」

梨夏ちゃんはその時のことを思い出したように、鼻をすすった。声がだんだん小さくなってきて、周囲の喧騒のせいで聞き取りづらいったらない。俺は自然と梨夏ちゃんに顔を寄せていた。

ほら、向こうの席で怒鳴り声が上がってる。この店、客層悪いから。そして店員たちもすっかり慣れたもんだ。

「店長、三番卓、ケンカっす」

「つまみ出せ」

「ういっす」

「代金払うやつだけは残しとけよ」

「了解っす」

そんな流れるような会話が聞こえてくる。

「ヒロキがすごく嬉しそうだったから、そっか、ヒロキはこれから幸せになるんだねって思ったんです。よかったねって、そう思おうとしたんですけど」

「おら、お前ら外出ろ！」

「なんだてめえ、こっちは客だぞ！」

「やっぱりどうしてもそう思えなくって」

「うるせぇ、店壊すやつは客じゃねえ！」

「いてぇな、離せよくそが！」

「そんな自分も嫌になって、それでも泣いちゃだめだって思って」

暴れる客を店員が外に連行していく。客の腕が俺たちのテーブルに当たって、皿ががちゃんと音を立てた。

おっと。俺はとっさに身を乗り出して皿を手で押さえた。

「もうわけわかんなくなっちゃったんです」

その声が、予想以上に近くから聞こえた。気付くと、梨夏ちゃんの顔が目の前ほんの数センチのところにあった。涙で潤んだ瞳が俺のモブ顔を真っ直ぐに見つめていた。

うおっ。思わず鼻血を噴きそうになる。モブの視界いっぱいに、ヒロインの顔。これは刺激が強すぎる。などと思った瞬間、その顔が悲痛に歪んだ。

「私、自分がみじめで」

そう言いながら、梨夏ちゃんはぼろぼろと泣いた。

「さつきさん。私、好きな人の幸せも祝ってあげられない」

梨夏ちゃんは言った。

「自分のことしか考えられない」

「梨夏ちゃん」

思わず俺も胸が詰まった。当たり前だろ、そんなの。自分の好きな人がほかの誰かと幸せになるのを無邪気に喜べる人間なんて、いるわけねえだろ。

「さつきさん」

俺を呼ぶその声が切ない。

「私、どうしたらいいか分からないです」

奪っちまいたい。衝動的に、そう思った。思いっきり抱き締めて、慰めてやりたい。身体を駆け巡る安酒が俺をそそのかしてくる。もうここまで踏み込んだんだ。B介。いや、さつき。無防備に泣いてるこの子を今慰められるのは、お前しかいないんだぞ。

「その人の誕生日が近いんですって。だからヒロキは、その日に告白しようかと思ってるって」

「そうか」

それは、つらいな。

「私だって」

梨夏ちゃんは、こらえきれなくなったように嗚咽を漏らした。

「私だって、もうすぐ誕生日なのに」

じゃあもうそんな奴のこと、忘れちまえって。君の誕生日なら、俺が祝ってやるよ。そう喉元まで出かかった。

だけど、俺の鍛え抜かれたモブ思考が気付いてしまった。安いアルコールの靄を突き抜けて、直感が俺の脳にぐさりと刺さった。おい、ちょっと待てB介、と。あれ、これってもしかして、と。

「そこでもう耐えきれなくて電話切っちゃったんです。多分ヒロキも急に私が切っちゃったせいでびっくりして、そのあと何回も着信があったんですけど、私もうヒロキの声を聞けなくて。メールも来たみたいだけど、見る気にもならないし。ずっと無視してあそこで泣いてたんです」

梨夏ちゃんはそう言って、俺を見た。

「さつきさん。私、どうしたらいいんでしょう」

これはいける。俺の中のナンパクズがそう言っていた。B介、これはこの子をお前のものにするチャンスだぜ、と。

だけど、もう一人。物語の歯車としての俺が言っていた。B介、お前、気付いたんだろ。もう分かってるんだろ、と。

ああ。分かったよ。どうあがいたってモブの性分が抜けない俺は、梨夏ちゃんから顔を離して、ハイボールをぐびりと飲んだ。まずい酒が、頭をかえって冷静にしてくれた。

「梨夏ちゃん、もう一回ヒロキ君に電話してみた方がいいな」

「え？」

梨夏ちゃんが戸惑った顔をする。

「だって私」

「彼からのメール、何て書いてある？」

「見たくないです」

「見てみな」

俺は促した。

「多分、梨夏ちゃんが思ってるのとは違うことが書いてあるよ」

「……」

梨夏ちゃんは目をごしごしとこすって、それから素直にスマホを取り出した。

「えっと……今どこにいるの……頼むから電話出て……だって。何だろう、ヒロキすごく必死になってる」

ああ。やっぱり。俺の勘が、外れてればよかったのに。

いや、違う。彼女のためには、これでよかったんだ。

「ヒロキ君の言ってる、気になってる子ってさ」

俺は言った。

「それ、多分梨夏ちゃんのことだぜ」

「え？」

梨夏ちゃんは目をまんまるに見開いた。

「え？　……え？　どういうことですか？」

「思い出してみなよ。仕事帰りによく一緒に飯食いに行って、電話は3コールまでに出る。彼といるといつも笑顔。それから」

その続きは、梨夏ちゃんが自分で言ってくれた。

「もうすぐ、誕生日」

「そう」

俺は焼き鳥の串で梨夏ちゃんを指す。

「その子が梨夏ちゃんだとして、つじつまが合わないところはある？」

「えっ……だって。えっ」

梨夏ちゃんは呆然とした顔で首を振った。

「だって。それならどうして、相談なんて」

「カマかけたのか、駆け引きのつもりだったのか、それとも告白の予行演習か。俺には分かんないけどさ」

俺は梨夏ちゃんのスマホを串で指す。

「外行って、電話してみなよ。ちゃんと確かめた方がいい」

「……はい」

まだ呆然とした顔のまま、梨夏ちゃんはスマホを手にふらふらと外に出ていく。

しばらくして戻ってきた彼女は、やっぱり涙目だった。でも、その涙の意味はさっきまでとは違っていて。

「家に行ったけどいないからどうしようかと思ったって。すぐ迎えに来るって」

梨夏ちゃんは言った。

「試すようなこと言って、ごめんって。あれ、私のことだって」

それだけ言うと、梨夏ちゃんはおしぼりに顔を埋める。

「どうしよう、私、こんな顔で」

「よかったじゃねえか」

優しい声で俺が言うと、梨夏ちゃんはおしぼりに顔を埋めたままで頷いた。

「はい。さつきさん、ありがとうございます」

「本当によかったよ」

俺は言った。本当によかった。ああ、本当に。

こんなところで男と二人で酒飲んでたんじゃ印象が良くないから、と言って、俺は彼女を店の外に出した。お金を払うと言ってきかない彼女からは仕方なく千円だけもらった。

何度も頭を下げて店を出ていく彼女に手を振り、しばらくしてから外を覗いてみると、驚くほど早くヒロキ君が駆けつけていた。

「さっきはごめん、能勢」

ヒロキ君は汗まみれの顔で、はあはあと息をしながら梨夏ちゃんに謝った。

「はっきり言うよ。俺が好きなのは」

梨夏ちゃんは胸の前で両手を合わせて、彼をじっと見つめていた。その目にはやっぱり、俺を見ていた時とは明らかに違う感情が込められているのが分かった。俺には決して向けられることのない感情が。

もう、やめとこう。これ以上覗くのは野暮ってもんだ。俺は席に戻ると、まずいハイボールを飲み干した。

「こっち、いるかさんサワー一つ」

俺の注文に店員が力強く頷く。

「あいよ、店長いるかさん一つ！」

「よっしゃ！」

……好きな相手の幸せも祝ってあげられない、か。目の前のぽかりと空いた席を見ながら、俺は思った。それは俺もおんなじだよ、梨夏ちゃん。俺だって祝う気にはならない。それが君にとって正しい方向なんだって分かってるのに。

でも、これでよかったんだろうな。どうして名もなきナンパモブがこんな役目をしたのかは分からねえけど。もしかしたら俺はすごく余計なことをしただけで、俺がいようがいまいが物語はちゃんと転がっていったのかもしれないけど。

まあいいじゃねえか。

モブの心情にまで、作者は筆を割かない。俺がどれだけ傷つこうが、誰も知ることはない。だから、これでよかったんだと思う。

俺のぐずぐずの気持ちになんて読者は興味ないだろ？　俺だってねえよ。だから今日のところは飲んでしまおう。

おめでとう、梨夏ちゃん。

運ばれてきたサワーを軽く持ち上げ、一人で乾杯する。

どうか、彼とお幸せに。多分、君に会うのはこれで最後だろうな。

6.「帰るんだよ。現実に」

さて、それからの俺はというと。

今までとまるで変わらない、いつも通りの日々を送っている。拍子抜けするほど、いつも通りの日々を。

いるかさんサワーをがぶ飲みした次の日は、夜からの仕事だったたってのにまだ酒臭くてA太を呆れさせたが、まあ影響と言えばそれだけだった。仕事はいつも通りこなして、俺たちはいつも通りこっぴどく振られた。

梨夏ちゃんの物語の作者さんから何らかのクレームが来ることは覚悟していた。闇堕(やみお)ち検査試薬を持った職員がいきなりアポなしで訪ねてくることも。だけど、俺がいつも通りの日々を過ごしているってことは、つまりそういうことだ。

結局、何もなかったんだ。クレームも、検査試薬を持った職員も、誰も来なかった。来るのはいつも通り、ナンパモブの仕事の依頼だけ。

あれだけモブから逸脱した行動をとったのに、どうして何もお咎めがないのか。それもまるで分からないけど。ビビりの俺は、自分から寺井君に「この前の仕事ってどうだったの」なんて聞くこともできず。それでまあ、何というか。一言で言うと。

別に何も起きなかった。

あの日の梨夏ちゃんとヒロキ君がその後どうなったのかは分からない。そこは想像すると泣けてくるから、あんまり考えないようにしている。

いずれにせよ、俺には何もなかったんだ。

平凡な代わり映えのしない日常の中に身を置くと、あの夜の自分の決意がひどく滑稽に思えてくる。公園のベンチで泣きながら「さつきさん」と呼んでくれた梨夏ちゃん。彼女に歩み寄りその名前を呼ぶとき、俺は確かに俺の人生を懸けた。

取るに足らないモブの、取るに足らない人生ではあるけれど、それでも俺にとっては一つだけの人生を、あの時俺は確かに捨てる覚悟をしたんだ。この子のためなら闇に堕ちても仕方ないと、そう思った。その結果はといえば。

B介さん、ナイスアシスト。みたいな感じだろうか。

いや、ナイスなのかどうかも分からない。あの日はすっかり自分に酔って、俺のおかげで二人がくっ付いたんだ、くらいに考えていたが、よく考えてみれば、梨夏ちゃんがヒロキ君のメールを見さえすれば、あるいはヒロキ君がどこかで梨夏ちゃんを捕まえさえすれば（家の前で張ってれば簡単だったはずだ）、誤解なんてすぐに解けたはずだ。だから俺がやったことは、梨夏ちゃんを途中でインターセプトして安酒を飲ませたこと、だけだったのかもしれない。

それでも、あの日の俺の行動には意味があったんだと信じたい。それで梨夏ちゃんが幸せになってくれるなら、物語がきちんと前に進んでくれるのなら、俺にはもう何も言うことはない。

いや、ごめん。本当は言いたいことはいっぱいある。全部泣き言だけど。あんなに近くで梨夏ちゃんの可憐な顔を見たもんだから、何気ないときに襲ってくるフラッシュバックがヤバい。

まあ今まで物語の根幹に関わってこなかった（こられなかった）人間には刺激が強すぎたってことなんだろうな。そういう耐性がまるでついてないんだ。

それにしても、物語の主要登場人物ってあんなに感情を動かしてるんだな。マジですげえな。

それは強がりでも何でもなく、偽らざる感想だ。

モブとしていくつもの物語に関わってきたけれど、それにいちいち感情を動かされることはなかった。なぜなら、それが仕事だったからだ。

物語における自分の与えられた役割を、主要人物の邪魔をしないようにきっちりとこなし、速やかに退場する。それがモブだ。そこには演技と計算はあるけれど、感情の動きはない。

だけど今回、初めて物語の根幹に近い部分に触れたことで、分かった。彼らは、すごく大変だ。俺たちと違って、仕事じゃない。本当に泣いて笑って、苦しんで、喜んでいる。それがどれだけきついことか。初めて彼らの凄さが分かったと言ってもいい。

モブの俺には、とても無理だ。彼らにしてみたらストーリーの途中の一場面。それにちょっと出ただけで、こんな半分ぬけがらになるくらいのダメージを受けたんだから。

身の程、という言葉をこんなにしみじみと噛み締めたことはない。

スポットライトに当たることだけが幸せじゃないんだな。そんなことは理屈では分かっていたつもりだったけれど、やっぱり実際の経験が伴うと、重みが違う。

目立つ人間は、目立てるようにできている。そうじゃない人間が無理に目立とうとしたら、早晩ぶっ壊れる。それが俺の生々しい実感だ。

まあそんなわけで、俺は梨夏ちゃんへの未練を情けなくだらだらどぼどぼと垂れ流しながら、それでも自分の身の丈に合ったモブのお仕事を真面目に一生懸命やっていこうと、そう志を新たにしたわけだ。

さあ、やりますよモブを！　汚れ仕事でも何でも回してください！

仕事に打ち込んでつらいことなんて忘れよう。そんな前向きな気持ちだったから、ベテラン社員の森井さんにその話を持ち掛けられた時、

「いいっすよ。他にやりたがるやつがそんなにいないんでしょ？」

なんて言ってしまったのだ。そして今はそれを激しく後悔している。やめときゃよかっ

た。あの時の俺をぶん殴ってやりたい。心からそう思っている。

あんな安請け合いしなけりゃ、今頃いつもの駅前でA太と一緒にいつもの冴えないナンパしてられたのに。どうしてこうなった？

「忙しいところ、集まってもらってすまない」

電気工事の作業員みたいなグレーの作業着を着た森井さんは、集まった俺たち四人のモブを前に、そう言った。

「時間をかければかけるほど、状況は悪くなる。速やかに処理を行うので、手順をよく聞いてくれ」

頷く俺たち四人も、森井さんと同じグレーの作業着。……に見えるが、これはただの作業着ではない。

通称、現実着（げんじつぎ）。

俺がこの服に袖を通すことはもうないだろうな、と前回そう思ったはずなのに。俺はまたこの服を着ている。

これを着ることによって、俺たちは物語世界の干渉を一切受けない特殊なモブとなる。物語の方でも、俺たちの存在は関知しない。

そう。俺たちがこれからやろうとしているのは。

闇堕ちしたモブの、物語世界からの強制排除。通称、闇堕ちハントだ。

どこにでもありそうな高校。その校舎の裏の、日の当たらない狭い庭。俺たち五人はそこに集まっていた。

ああ、俺は何でまたこの現実着を着ちまったんだろう。

こら、ポジティブB介。お前どこ行ったんだ。お前が引き受けたんだから、お前がやれよ。

不毛な一人芝居。そんなことをぶつぶつ言ってても仕方ない。これを着てしまった以上、俺は闇堕ちモブのハントに参加しなければならないのだ。

俺とともに参加するほかの三人のモブにちらりと目を向ける。全員が男。どいつもこいつも俺同様、大して特徴のない背格好に冴えない顔をしている。まあみんなモブなんだから、当たり前か。

俺と同じくらいの年のやつが一人。もっと若い、まだ成人もしていなさそうな兄ちゃんが一人。それからだいぶいい年したおっさんが一人。

みんな、ろくにサイズの合っていないお仕着せみたいな作業着を着て、じっとりと押し黙っている。

「今回、闇堕ちしたのは主人公たちの同級生の〝タダシ〟だ」

森井さんの言葉に、俺たちは全員、ぴくりと反応した。誰も何も言わないが、思ったことは多分同じだ。

名前もらってんのかよ。

名前のある、主人公たちの同級生。それなら俺とは違って、モブの中でも上等な部類だ。

そういう脇役に近いモブの供給には、うちみたいな零細はほとんど携わっていなくて、大抵はもっと大手の派遣会社がやっている。

うちの会社のモブは、解説系にしろ称賛系にしろ俺たちみたいな粗暴系にしろ、名前なんてない一過性のモブがほとんどだ。何でかって言うと、一過性だからこそ、同じ物語に別のモブとして何度か登場しても読者にバレないからだ。つまり、一人の人間を何度も使いまわせるという意味で、会社としては非常にコスパがいいわけだ。

だから下手に名前なんかもらってしまうと、会社はかえってあんまりいい顔をしない。もうその物語では、そいつはそのキャラクターとしてしか使えないからだ。もちろん社員から表立って、お前何やってんだ、なんて言われることはないけど、微妙な空気になるので分かる。

あー、名前もらっちゃったのかー。そっかー。次のシフトどうすっかな、こいつ抜きで回せるかなー。みたいな。

いや、俺自身は前にも言ったとおり、名前をもらったことなんて一度もないけどね。でも、何度かそういう場面を見たことはある。

確かに、限られた人間でたくさんの依頼をこなしている以上、会社側の気持ちも分からないではない。もっと人を雇えばいいだろうが。なんて言うのは、経営をやったことのない人間の短絡的な意見なのだろう、多分。モブだって慈善事業ではないのだから、儲けを出さなければならない。

「タダシは解説系モブの亜種だ。ヒーローやヒロインの言動に対して〝ただしそれについては……〟とコミカルな注釈を加える」

森井さんの説明に小さく頷く。なるほど、だからタダシね。

「タダシの妙に冷めた注釈は、作中で読者から隠れた人気を集めていた。タダシの注釈がないと物足りない、なんて感想をよこす読者までいたほどだ」

ひゅう、と口笛を吹いたのは一番若い兄ちゃんだ。

「すげえ。人気者じゃん」

「そこで満足しときゃよかったんだ」

苦々しげに言ったのは一番年配のおっさん。

「ちょっと持ち上げられたからって、勘違いしやがって」

まあ、そうなんだろうな。このおっさんの言ってることは正しい。

このおっさんが、もう何十年もモブ一筋でやって来たんだろうってことは俺にも分かる。

どうしてかっていうと、このおっさんと次にどこかで顔を合わせても絶対に覚えていないという確信が俺にあるからだ。この個性の消しっぷり。これこそ、モブに求められるものだ。このおっさん、ただもんじゃねえ。

「H川さんの言う通りだ」

森井さんは言った。H川さんってのがこのベテランのおっさんの仲間内での通称らしい。

「タダシの人気は、あくまで作者さんの用意した展開のうまさがあってのものだ。だがタダシはそれを自分の実力と勘違いした。自分というキャラクターが物語の重要な要素を担っているとうぬぼれ、思い違いをした。そんな力がモブにあるはずもないというのに」

背筋がひやりとするくらいの冷たい口調。普段は穏やかな森井さんだが、時々垣間見せるこの冷淡さこそが、きっとこの仕事をするうえで必要不可欠なものなのだろう。

俺は森井さんと同じ社員の、寺井君の顔を思い浮かべる。電話で、社会の矛盾について熱く憤っていた入社二年目の寺井君。あと何年かしたら、彼もこんな冷淡な声を出すようになるんだろうか。

……なるんだろうな。それが社会に、仕事に慣れるっていうことだ。そうなれないのなら、職場を去るしかない。

「タダシは作者からの要請もない場面で、勝手に不必要な注釈を繰り返した」

森井さんは淡々と説明する。

「この種の小ネタというのは、適度な間隔を空けつつ、マンネリにならないように細心の注意を払って差し込むべきものだ。だが調子に乗ったタダシはあらゆる場面で〝ただしそれは……〟と繰り返した。突然ブレイクしたお笑い芸人が、あらゆる番組で馬鹿の一つ覚えのように自分のたった一つしかない持ちギャグを繰り返すようにな」

ああ、嫌なたとえだな。まるで俺まで苦いものを呑み込んだような気分になる。

お笑い芸人が一生懸命に、自分の武器であるたった一つのギャグを披露する。最初は笑っていた視聴者も、同じギャグの繰り返しにあっという間に飽きて離れていく。それでもテレビ局はそのギャグを要求するから、彼にはそれを繰り返す以外に道はない。そうして結局、まるでただの消耗品だったかのように使い潰されて消えていく。

そんな一発屋と呼ばれるお笑い芸人たちとタダシとの決定的な違いは、タダシが誰からも求められていないのにそれをやっているってことだ。

自分の承認欲求だけを膨らませて、やれとも言われていない持ちネタを繰り返している。悲しい一人芝居。

「読者の感想は、すっかり不評の嵐だそうだ。タダシが鼻につく、タダシがモブのくせに出しゃばりすぎ、タダシのせいで雰囲気ぶち壊し、タダシイラネ……」

森井さんはあくまで淡々と話し続ける。

「そこで気付いて引ければまだよかった。だがタダシは、それが自分のせいではなくて物語の展開が悪いせいだと考えた。もっとストーリーが自分に寄り添ってくれれば、もっと自分の才能を輝かせる方向に展開してくれれば、そうすればこの物語はもっともっと面白くなるのに。僕がもっともっと面白くしてやるのに。だから作者はそうすべきなんだ、と」

「闇堕ちの典型だな」

Ｈ川のおっさんが突き放すように言った。

「モブが物語に奉仕するんだ、その逆はない。物語に奉仕させようとしたら、モブは終わりだ」

辛辣な言い方だが、その通りだった。モブは物語の歯車だ。物語に合わせて形を変える。逆にたった一つの歯車に合わせて全体を変えてしまったら、その歪みはどれだけ大きなものになるか。

「外形観察による闇堕ち深度は２」

森井さんは言った。

「放っておけば、すぐにも３に達する可能性が高い」

「じゃあ今のうちに押さえないとっすね」

一番若い兄ちゃんが重い口調で言った。

「そうだな」

と俺も頷いてやる。タダシのためにも、そのほうがいいんだろう。

「今日、ヒーローとヒロインが放課後の教室で他愛ない雑談を通して互いの距離を少し縮める。その場面に本来現れないはずのタダシが姿を現すはずだ。そこを押さえる。試薬はI野君が担当してくれ」

森井さんの指示に、俺と同じくらいの年の男が無言で頷く。

「ほかの三人には、私とともにタダシの身柄の確保と拘束を担当してもらう。いいね」

俺とH川のおっさん、それに一番若い兄ちゃんの三人が頷くのを確認してから、森井さんは腕時計を見た。

「よし。それでは配置に」


がらり、と教室のドアが開いた。

さっき帰っていった由美が忘れ物でもして戻ってきたんだと思って、私は顔を上げた。

「何忘れたの、由美」

そう言いかけて、慌てて口を閉じる。

由美じゃなかった。

入ってきたのは幸登だった。

「あれ、英美里まだいたのか」

幸登が私を見てちょっと嬉しそうに笑う。

その笑顔に胸がきゅんとなった。

だってそれは、一年前にはほかの人に向けられていた笑顔だったから。

私には欲しくても絶対に手の届かない笑顔だったから。

それが今、はっきりと私に向けられている。

こんな幸せなことってあるんだろうか。

私、勘違いしちゃっていいのかな。

「うん、もう帰ろうかなって思ってたところ」

私はそう答えて、近付いてくる幸登を見上げる。

部活のあとでシャワーを浴びたみたいだけど、もう額に汗をかいている。

やっぱり外はすごく暑いんだ。

「汗、かいてるよ」

「そうなんだよ」

幸登はなぜか少し悔しそうに額の汗を手で拭う。

「せっかくシャワー浴びてさっぱりしたのにさ。外に出たらまたくそ暑いの」

「ふふ」

子供みたいな言い方をする幸登に、思わず笑みがこぼれてしまった。

「なに?」

幸登は私を軽く睨む。

知らない人が見たらどきっとするような、酷薄っていう言葉が似合う冷たい表情。

俺、目付きが悪いせいで、勝手に怖がられてたんだ。

幸登が以前そう言っていた、その鋭い切れ長の目。

昔の私だったらこんなふうに睨まれてしまったら、その眼光に気圧されて何も言えなくなっていたと思う。

でも、これまでにいろんなことがあって、そのおかげで、幸登のことをたくさん知ることができた。

だから今は、彼が本気で怒っているときとそうじゃないときの違いがすぐに分かるようになった。

今、私を睨んでいる幸登は、目の奥が笑っている。だから、怒っていない。

これには、百パーセントの自信がある。

「ごめん」

私は謝ったけど、幸登の顔を見てすぐにまた笑ってしまう。

「ふふふ」

「なんだよ、もう」

幸登が呆れたように天井を仰ぐ。

ほら、やっぱり怒ってなかった。

「俺が面白いこと言ったんだったら笑ってもいいよ。だけどただ単に人の顔見て笑うんじゃねえよ、それは失礼だろうが」

それは確かに、幸登の言う通りだと思う。

「ほんとにごめん。そういうのじゃないの」

「じゃあどういうのだよ」

そう言って私を睨む幸登は、やっぱり昔とは変わった。鋭さが取れて、すごく柔らかくなった。脆さがなくなって、しなやかになった。

「今の幸登っていいよねって、そう思ったの」

思い切って、そう言ってみる。

「なっ」

幸登は指で前髪をいじるいつもの姿勢のまま、顔を赤くして固まった。

「ど、どういう意味だよ」

「私、今は幸登の顔を見ると自然と笑顔になれる」

「お前なあ」

幸登は赤い顔のまま、大げさにため息をついた。

「なんだよ、それ。俺はお前のエナドリじゃねえっつうの」

その言い方がおかしくて、やっぱり私はくすくすと笑ってしまう。

「エナドリって。もう少しほかに言い方なかったの」

ぐっと言葉に詰まった後で、幸登は照れ隠しなのか、声を張り上げた。

「仕方ねえだろ。笑顔ってことは元気になるってことだろ。元気が出るものならエナドリが一番ぴったりじゃんかよ」

顔を赤くしてそんなことを言う幸登は、もうあの頃とは違う。

悲しいこともつらいこともあったけど、私たちは強くなった。

それは確信を持って言える。

幸登の変化の理由が自分にあるだなんて、うぬぼれるわけにはいかないけれど。

「じゃあ何がいいんだよ、ぴったりくるもの」

幸登はまだ言ってる。

「英美里ならエナドリじゃなくて何だよ。元気が出るもの」

「私?」

私は思わず立ち上がっていた。

幸登の顔が、すぐ上にある。

「私の元気の出るものはやっぱり」

あなただよ。

あなたの近くで、あなたをずっと見ていること。それが一番だよ。

そう言おうとした時、また教室のドアががらりと開いた。私たちは思わず身体を離す。

その拍子に椅子がガタン、と後ろに倒れた。

「元気の出るエナドリか」

ちょっと高い声でそう言いながら入ってきたのは、クラスメイトのタダシだった。

まだ残ってたんだ。

私たちの会話も聞こえてたみたい。恥ずかしい。

「ただし、元気が出ると言ってもその理由については、諸説ある。それが配合されている
ローヤルゼリーや生薬によるものなのか、それとも単なるプラシーボ効果なのか、はたま
た」

出た、いつもの補足説明。

最近、タダシはそればっかり言うために、妙に私たちにばかり絡んでくる。

でもタダシがまたいつものようにどうでもいい説明を続けていた時だった。

急に後ろから誰かに引っ張られるようにして、タダシの姿が廊下に消えた。

「えっ？」

私は幸登と顔を見合わせる。

「……タダシ？」

廊下を覗いてみると、誰もいなかった。

「あれ？」

首を傾げる私の肩を、後ろから幸登が叩く。

振り返ると、幸登の顔がびっくりするくらい近くにあった。

「タダシのことなんかいいよ。話の途中だろ、英美里」

幸登はすっごく真面目な顔で言った。

「お前の元気の出るものが何か。俺たち、それを話してたんだろ」

そうだった。

私も思い出す。

タダシのことを考えてる場合じゃなかった。

私は、これから大事な話をしなきゃいけないんだ。

「うぐっ、むごっ」

H川に口を塞がれたタダシが暴れている。俺たちは教室を出たところの廊下でその身体を押さえつけていた。

「むがががーっ」

タダシがくぐもった声で叫ぶ。H川が手袋をした手で塞いでいるのに、それでもすごい大声だ。だが、もうタダシの身体は現実着でぐるぐる巻きにされている。だから、もう無駄なのだ。

　こいつがどれだけ大声を出そうが、どれだけしょうもない補足説明をしようが、もはや物語の主要キャストである幸登と英美里の耳に届くことはない。

「I野君」

　タダシの腕を押さえる森井さんが言った。

「試薬を」

「はい」

　俺と同じくらいの背格好のモブ、I野が腕時計で時間を確認し、試薬の封を切った。

「おら、暴れるな」

　H川のおっさんはやけに手慣れていた。あんまり口を押さえたら息ができないぞ、と心配したときにはもう手を離していた。

「お、お前ら」

　タダシは苦しそうに喘いだ。

「何者だ」

「分かってるだろう、私たちが誰なのか」

　森井さんが感情のこもらない声で淡々と言った。

「タダシ君。君はやってはならないことをやったんだよ」

「はあ？」

タダシが血走った目を剝く。

「やってはならないこと？　何のことだよ」

そう叫ぶ唇の端に唾の泡ができていた。

「僕はこの物語の中での僕の役割を果たしていただけだぞ、それに何の問題があるって言うんだ！」

タダシの必死の叫びに、森井さんは耳を貸さなかった。

「I野君、いいよ」

「はい」

I野が包みから試薬を取り出していた。小さな紙片のようなもの。その剝離紙からシールを剝がす。白地にやはり白抜きフォントのひらがなで「やみ」と書かれた、間抜けなシール。それが、闇堕ち試薬だ。

「な、何をするんだ」

I野は屈みこむと素早く腕を伸ばして、タダシのおでこにシールをぺたりと貼った。

タダシは首を振ってもがいた。

「剝がせ」

「I野君、時間計ってるね」

シールを剝がされないようにその腕をしっかりと押さえつけながら、森井さんが冷静な声で言う。

「はい」

「きっちり5分だからね」

自分の腕時計に目を落とすI野にそう念押ししてから、森井さんはタダシのおでこに目を向けた。タダシの足を押さえている俺の目も、自然とそのシールに吸い寄せられていた。

闇堕ち試薬のシール。それは、闇堕ちの深度を確かめるための試薬だ。外形観察上の深度は、あくまで見た目の判断だ。最終的な深度は、この試薬によって決定される。それによって闇堕ちモブの処分も決定するのだ。

だけど、何度見ても気持ちのいいものじゃない。梨夏ちゃんとあんなことがあった後じゃ、なおさらだ。

「何だ、このシール。剝がせよ、くそっ」

タダシが身体に力を込める。だけど俺たち三人の男にがっしりと押さえられていてびくともしない。それをはねのける力は、モブなんかにはない。

「ふざけるなよ、僕がいなきゃあの物語は誰が盛り上げるっていうんだよ」

「少なくとも、君じゃないね」

森井さんが答えた。

「君は単なるモブなんだから」

「僕には名前があるんだ」

タダシは叫んだ。

「こいつらとは違う」

こいつら。つまり、俺たちのことだ。そして俺たちはこういう場面でもやはりモブだった。森井さんの指示をきっちりと守って、無駄なく動く。それは染みついたモブの習性でもあった。

H川のおっさんはもう、タダシの喋るがままにしていた。口を押さえつける必要があるのは、現実着をしっかりと巻きつけてしまうまでの間だけだ。それが完了してしまえば、もうあとは泣こうが喚こうが、そのモブの声が物語の登場人物たちに聞こえることはない。

その間にも、おでこに貼られたシールの「やみ」という文字の色がじわりと変わり始めていた。薄い灰色から、徐々に黒く。

「ああ、結構早いな」

森井さんが呟く。

「危なかったな。やっぱりここで押さえておいてよかった。ぎりぎりのタイミングだった」

「な、何がだよ。どういうことだよ」

タダシが喚く。タダシはまだ若いから、闇堕ちモブのハントに参加したことがなかったのだろう。だからこのシールの存在も知らない。

一番若いモブの兄ちゃんは、ちょうどタダシと同じくらいの年齢だろうか。目を見開いてタダシのおでこを注視している。多分、彼もこれを見るのは初めてなのだろう。

「黒いな」

H川のおっさんが呟く。

「黒いね」

森井さんも頷いた。タダシはもう喋るのをやめていた。何を言っても誰も答えてくれないからだろう。荒い息を吐きながら、目だけをぎょろぎょろと動かして俺たちの顔を見ている。

「落ち着け」

俺はタダシにそう声を掛けてやった。

「別に、取って食うわけじゃねえから」

だがその慰めもあまり効果を持たなかったようだ。タダシはとうとう肩を大きく動かして、身体全体で息をし始めた。

「ゆっくり息をしな」

俺は言った。

「できるだろ」

「I野君」

森井さんは腕時計を見ているI野を振り返る。

「あと何分」

「あと1分です」

腕時計から顔を上げず、I野が答える。

「よし。H川さん、ちょっと場所替わってくれ」

「あいよ」

流れるようにスムーズに、森井さんとH川のおっさんが身体の位置を入れ替える。H川のおっさんがタダシの腕を押さえ、森井さんはタダシの顔の方に回る。

「うーん、どうかなあ」

タダシのおでこのシールを見て、森井さんが目を細める。

「微妙なところだけどな」

そう言いながら、懐から小さなデジカメを取り出すとタダシのおでこに向けた。角度や範囲を変えて素早く何枚か写真を撮る。実に手慣れていた。

「あと10秒」

I野が言った。

「……3、2、1、時間です」

Ｉ野のその声と同時に、森井さんがシールを剝がした。

「Ｉ野君、台紙」

「はい」

Ｉ野が差し出す試薬と一緒に入っていた台紙に、森井さんがそのシールを貼った。台紙には、見本の基準色が印刷されている。森井さんはシールの「やみ」という文字の色と見本の色とを見比べた。

「うーん……これくらいなら、2、かな」

そう言いながら俺たちに台紙を向ける。

「ほら」

「ああ、そうですね」

真っ先にそう答えたのはＨ川のおっさんだった。

「3ほど黒くはないな」

「だよね」

頷いた森井さんが俺たちにも目を向けるが、俺ももう一人の兄ちゃんも何と言っていいのか分からない。確かに見本の2の色よりは濃いけれど、3の色ほど黒くない気もする。でもそれは光の加減の気もする。Ｉ野も森井さんの手元を覗き込んで首を捻った。

「異論はないね？」

確かめるように森井さんが俺たちの顔を見る。無言で、俺たちは頷いた。

「じゃあ、深度は2で」

森井さんが言い、台紙を懐にしまい込む。

「さあ、連れて行こう」

「はい」

俺たちはタダシを担ぎ上げた。

「どこへ行くんだよ！」

タダシが血相を変えて叫んだ。

「ここは僕の世界なんだぞ！」

「帰るんだよ」

森井さんの声はどこまでも冷たかった。

「現実に」

ちょうどその時、教室のドアががらりと開いた。二人の生徒が出てくる。俺たち灰色のモブとは似ても似つかぬ、きらびやかな雰囲気をまとった二人。

英美里と幸登。

邪魔者のいなくなった教室で、彼らの間にどんな会話があったのかは、俺たちには分からない。今後知らされることもない。ただ、二人はぴったりと寄り添い、幸せそうに笑っていた。

その姿で分かる。物語は、きちんと元通りに復旧したんだ。

その時、タダシが身をよじって二人を振り返った。

「幸登。英美里」

タダシは二人の名を呼んだ。けれど、現実着を巻かれたタダシの声は二人には届かない。

「俺は、俺は」

タダシが二人に何を叫ぼうとしたのかは分からない。

「うるせえよ」

H川のおっさんが乱暴にその口を押さえ、タダシもそれ以上は叫ばなかったから。


高校の裏手につけられていたワゴンにタダシを放り込んで搬送担当の職員に引き継ぐと、ようやくほっとした空気が流れた。

「お疲れさん」

森井さんが静かな口調で言った。闇堕ちモブのハントをした後だっていうのに、森井さんの口調はいつもとまるで変わらなかった。普通のモブの仕事を終えたときに掛けられる「お疲れさん」と全く一緒の口調だ。

「そこの自販機で、何か飲もうか」

森井さんはポケットから小銭入れを出しながら、そう言った。

「みんなのおかげで無事に終わった。俺が出すよ」

「いいんですか、やった」

軽い声をあげたのは一番若い兄ちゃんだ。

「ごちになりまーす」

俺たちはぞろぞろと近くの自販機まで歩いた。

「……あいつ、これからどうなるんですか」

自販機の隣の駐車場に輪になって座り、缶コーヒーを飲んでいるとき、若い兄ちゃんがそう言った。

「矯正施設みたいなところに入れられるんですか」

「身体に闇がだいぶ溜まってたからな」

森井さんは言った。

「漂白は必須だろう。その後はもうモブはできないから、それ以外の別の仕事に就くんだろうな」

「そうすか」

兄ちゃんは顎だけでこくこくと頷いてコーヒーをすする。

「やばいっすね、闇堕ち。実物初めて見ましたけど」

「J山くん、闇って何だか分かるかい」

森井さんが若い兄ちゃんにそう尋ねた。

「えっ。えっと、あれですよね。何か身体に溜まった悪いもの。老廃物みたいな」

兄ちゃんはJ山と呼ばれているらしい。要領を得ない答えを返す。

「まあ、それでも完全に間違いじゃないけどね」

森井さんは苦笑する。その柔和な笑顔は、さっきタダシに向けたような冷たい表情をする人にはとても見えない。

「闇っていうのは、物語に絡むことで生まれるその物語への執着みたいなものだよね。この物語で活躍したい、出番が欲しい、展開に絡みたいっていう執着」

森井さんの解説に、俺はなんだか居心地の悪さを感じる。

「作者さんの作り出したキャラクターであるヒーローやヒロインは、その執着を糧にしてどんどん魅力的になっていけるんだけど、外部からの派遣であるモブには執着を物語の中で昇華する力はないんだ。モブの執着は物語を捻じ曲げる方向に働いてしまう。だから名前をもらうようなモブは、その物語に必要以上に執着しないように、特に自己管理をしっかりしないといけない」

「……なるほど」

J山は神妙な顔で頷く。

「やっぱり俺らモブだから、物語に執着しちゃだめってことですね」

「そうだね。でも悪いことばかりじゃないよ」

優しい顔で森井さんは言う。

「物語のヒーローやヒロインは自分たちの物語への執着を力にできる分、別の物語に出ることはできない。でもモブは一つの物語に執着はできないけど、どんな物語にも顔を出すことができる」

「確かに」

J山は少し明るい顔をした。

「自分の物語がない分、自由自在ってことですね」

「その通り」

森井さんは頷く。

「主人公たちもモブも、立場は違うけど物語を支える仲間だからね。決してどっちが上とか下とかじゃないんだ」

森井さんの言葉に、若いJ山は頷いていたけど、俺は「森井さん、ちょっとそれは言い過ぎじゃねえの」なんて思っていた。

主人公とモブ、どっちが上も下もない。まあ理屈の上ではそうかもしれない。天は人の上に人を作らずっていうしね。だけど現実に、社会にはやっぱり上下関係があるし、主人公たちとモブとどっちが上かと聞かれたら、普通の人はみんな主人公たちって答えるだろう。

「そう、森井さんの言う通り、俺たちモブは一つの物語に執着しちゃいけねえのさ」

H川のおっさんが言った。

「さっきのタダシなんて可愛いもんだ。本当にひでえ闇堕ちってのはあんなもんじゃない。俺はまだユキシマ事件のことを覚えてるよ」

ユキシマ事件。

その言葉に、J山以外の全員が顔をこわばらせる。

「何でしたっけ、ユキシマ事件って」

一人、J山だけがとぼけた表情で尋ねた。

「何か聞いたことある気がしますけど」

「深度4」

H川のおっさんが言った。

「現実世界系の中じゃ最悪の闇堕ちモブだよ、ユキシマってのは」

「物語が、少なくとも三つ」

森井さんが指を三本立てる。

「ユキシマに壊された」

「三つ?」

Ｊ山もさすがに表情を変える。

「ど、どういうことですか」

「粗暴系モブだったユキシマは、いつの間にか陰で力をつけて、主要キャラでも敵わないくらいの戦闘力を持った闇堕ちモブに成長していたんだ。ヒーローもライバルも、みんなユキシマに倒された。力ずくでヒロインをさらったユキシマは、ハーレムを作るためにほかの物語に遠征を仕掛けた」

「遠征って」

Ｊ山が目を丸くした。

「やってることめちゃくちゃじゃないですか」

「めちゃくちゃだよ、だから闇堕ちなんだ」

森井さんは変わらない口調で答える。

「物語を完全に支配する力を持ったユキシマは、モブとしての力をも活かしてほかの物語世界に入り込んだんだ。完全に支配した物語は三つだが、ほかにもユキシマに荒らされて筆を折った作者さんは多かったと聞く」

「うわ、最悪だ」

「最後は、死んだんでしたっけ」

Ｉ野がそう口を挟んできた。

「ユキシマは。結構悲惨な死に方をしたって」

「ああ。死んだ」

森井さんは答えた。

「大手の編成した討伐隊に追い詰められて、自分の支配する三つの世界に同時に存在しようとしたユキシマは、身体が耐えきれずにばらばらになって死んだと聞いてるよ」

「うへえ」

「あの頃は、闇堕ちモブが多かった」

Ｈ川のおっさんが思い出すように言った。

「ユキシマのせいで、みんな俺もできるんじゃないかって夢を見たんだ」

「ええ。だから完結できなかった、いわゆる〝エタる〟物語も今よりはるかに多かった」

森井さんが頷く。

「モブがちゃんと仕事しなきゃ、どんな物語も進まない」

森井さんの言葉を聞きながら、俺はコーヒーを飲み干した。何だかひどく苦かった。

自負と自尊で歪んだタダシの顔を思い出す。

明日は我が身。

またそんなことを考えた。分不相応の夢は見ない。俺たちはモブだ。

7．「電話番号、教えてもらえませんか」

「おあー、久しぶりだな、こういうところに来るの」

トレードマークのジャラジャラとチェーンの付いた長財布をズボンの尻ポケットに突っ込んだA太が、大きな吹き抜けを見上げて遠慮のない声を張り上げた。

「ほんと、おしゃれな店がいっぱい並んでんなあ」

そう言って下品に笑う。

「こういう店、行くことねえー」

「そうだな、俺たちには用のねえ店ばっかり」

A太に負けず劣らず品のない格好をした俺もそう答えて、ひひひと笑った。

ここは郊外に最近できたばかりの大きなショッピングモールだ。四階建てで、ど真ん中が大きな吹き抜けになった開放感のあるおしゃれな造り。吹き抜けの天井からは、シャンデリアとか幟(のぼり)とかと一緒によく分からないオブジェなんかも吊り下げられている。

「まあでも、たまにはこういうところに来るのも悪くねえよな」

いるところもないので、俺たちは三階のエスカレーターの脇の地べたに腰を下ろした。地べたっていっても、結構ふかふかした絨毯が敷いてある。座っててもケツが冷たくならない。どこでも座ってしまうヤカラに優しい造りをしている。

「そうだなー、いつもここだったら困るけどな」

A太はスマホを眺めながら言った。

「金がかかってしょうがねえ」

目の前を通り過ぎていくのは、休日の家族連れやカップルがほとんどだ。たまに女性だけのグループもいるが、男だけのグループはほとんど見ない。そんな似合わないところに俺たちが何でいるのかといえば、もちろんそれはモブの仕事のためだ。

郊外のショッピングモールで初デートをする初々しいカップル。ウィンドウショッピングをしているときに彼女がたまたま「あ、これ素敵」と言ったバッグだかアクセサリーだかを、彼氏がサプライズでプレゼントしてあげようとこっそり買いに走る。わけも分からず待たされていた彼女に忍び寄る、ナンパモブの魔の手……！

というようなシチュエーションらしい。

いや、作者さん。ある程度のナンパ経験（仕事だけど）を積んだ者として言わせてもらいますけどね。さすがにここでナンパするのはきついですわ。

もちろん、一人で来てる女の子もいるけどねえ。ここでナンパして、成功したとしてこの後どこ行くのよ。高いレストランかフードコートしかないじゃん。カラオケボックスは、居酒屋はないんですか。

などと頭の中で思いはするのだが、まあそんな野暮なことは口には出さない。その程度のリアリティなんてのは、物語に読者をぐいぐいと引っ張る力があれば目を瞑られるものなのだ。

だからこそ、ここでのナンパの挙動はさらっと、目立たず尖らないスタイルでいかなければならないだろう。下手な動きをして、俺やA太個人に読者の興味が少しでも向いてしまったら、読者は「あれ？　こいつら何でわざわざこんなところまで来てナンパしてるんだろう」「そもそもこいつらってショッピングモールにナンパしに来てんの？　ウケる」みたいに余計なことを考え始める。それは、物語を楽しむうえではノイズだ。

「たまたま男二人で遊びに来たら、すげえ可愛い女の子が一人でいたから、これはチャンスだと思って声を掛けてみた」

それでもちょっと苦しいが、こういう感じでいこう。もともとナンパモブなんて、合理性があったらやってられないことをやっているモブなのだ。

「まあ、あれだな」

うんこ座りでスマホを見ながら、A太が言った。

「このモールを拠点にナンパしまくってる二人って感じでいいよな」

「え？」

珍しく、A太と意見の相違があった。

「いやいや、違うだろ」

床にどっかりと胡坐をかいて、俺は首を振る。

「俺たちはたまたますげえ可愛い女の子を見付けて声かけるんだよ。その方が自然だろ」

「ええ？」

A太がスマホから顔を上げる。

「それなら俺たち、何しにこんなところに男二人で来てるんだよ」

「そりゃお前」

俺はここに来るまでに眺めてきたおしゃれな店の数々を思い出す。半分以上、店の名前も読めなかった。普段通ってるでかい駅前には大抵ある量販店だったら、このスペースにあと百倍くらい商品積むだろうな、とか思って見ていた。

「たまたまだよ。たまたまここに流れ着いたんだろ」

「モビー星人じゃねえんだからよ」

A太が鼻を鳴らす。モビー星人は、たまたま地球に流れ着いた宇宙人という設定なのだ。

「ただのモブがこんなところに流れ着くかよ」

「うるせえな。こんなところを拠点にナンパするっていう方がありえねえだろ」

「いや。こういうところに来るのはおしゃれで割と金のある女だ。そういう女を専門にナンパするモブっていう設定だ」

「だったらこの格好はねえだろ」

俺は自分たちの服を指差す。いつものヤカラスタイル。どう考えても、おしゃれで割と金のある女とやらを狙う服装ではない。じゃあどんな女を狙う服装なのか、と聞かれても困るのだが。どっちみち成功しないことを前提にやっているナンパなのだから。

「うーん、そうしたらあれだ」

A太が頭をがしがしと掻く。

「ここに買いたいものがあったことにするか」

「買いたいもの、なあ」

その言葉にふと、さっき一階の店で見かけたバッグを思い出す。この前、梨夏ちゃんが持っていた黒いバッグは、底の縁が擦れて白っぽい地が出かかっていた。

都会で働き始めて、だんだんとおしゃれもし始めた。でも、そういうところにまだ垢抜けなさも残っている。梨夏ちゃんのそんな感じが好きだった。

白地に、鮮やかな緑の持ち手が付いたバッグ。新緑を思わせるその色が、梨夏ちゃんの名前の「夏」にぴったりだった。こんなの梨夏ちゃんが持ってたら似合うよな、などと思って覗き込んだ値札に絶句して、俺は慌ててその場を離れたんだった。

あれをプレゼントするには、俺はあと何回ナンパを失敗すりゃいいんだろうな。そんなことを考えて、ここでナンパすることなんかよりも梨夏ちゃんにプレゼントを贈ることの方がよっぽどリアリティがないことに気付いて苦笑する。

俺たちの目の前を家族連れが通り過ぎていく。まだ若い父親と母親。母親は小さな赤ちゃんを抱いている。それから、幼稚園生くらいの男の子。まだ4、5歳だろうか。きょろきょろと周囲を見回しながら、走ったり止まったり。

「ほら、カナト。気を付けて」

時折親に注意されるが、ほとんど上の空だ。吹き抜けのオブジェを見上げていて、少し両親から遅れた男の子が走り出す。と思うと、四階へと上るエスカレーターに目を向けて立ち止まった。

男の子はエスカレーターの前に立って、動く手すりに片手を掛ける。自分は乗らずに、手だけを上に持っていかれそうになる感覚を楽しんでいるようだった。

ああ、危ねえな。エスカレーターでは遊んじゃいけないって、お父さんお母さんに教わらなかったか？　ほら、ちょうど自動アナウンスで、エスカレーターでは危険ですので……っていう放送が流れてるぜ。そう思ったときだった。

男の子がぐいっと上に引っ張られるようにして、身体ごと手すりに乗っかってしまった。驚いた顔のまま、バランスを崩して横に転がる。だがそっちには床はない。吹き抜けの下の一階まで。

やばい。

勝手に身体が反応していた。突然ものすごい剣幕で立ち上がった俺に、A太が目を丸くする。俺は男の子に向かって頭から飛び込んで、腕を伸ばした。

届け。

男の子のシャツに、手が引っかかった。神様、モブに力を。そのまま、全身の力を込めて放り投げるようにして男の子を床へ。だがその代わりに、俺の身体は宙に浮いていた。

「B介！」

A太の声。やっちまった。仕事前だってのに。こりゃ全治1時間くらいはいくか？

そう考えたところで、気付く。あ、これって現実だ。今、俺はまだ物語の世界に入っていない。

物語の中での負傷なら、骨折だって30分もあれば治るが、今俺は現実に三階から落ちかけている。

やべえ。俺、死ぬかも。

ショッピングモールの三階から一階まで、吹き抜けを真っ逆さまに落ちていく。とっさに身体を捻って腕を伸ばしたが、もう三階の手すりはとても届かないところにあった。

全身を包む、ぞっとする浮遊感。あ、これ死ぬやつだ。

痛いのが嫌いな俺だけど、昔モブの仕事で一回だけ死んだことがある。その時の感覚に似ている。これ、だめなやつだ。助からない。

「さつきさん！」

まるでスローモーションみたいに切り取られた一瞬に、はっきりと俺を呼ぶ声が聞こえた。聞き覚えのある声。というか、忘れるわけがなかった。

あれは梨夏ちゃんの声だ。

俺のことをさつきさんと呼んでくれる人間は、この世でたった一人しかいない。だから、あの声は梨夏ちゃんで間違いない。ファイナルアンサーだ。

……え？　梨夏ちゃん？

おかしいだろ。なんで、物語世界に入ってもいないのにあの子の声がするんだよ。あ、あれか。これ、死ぬ前の幻聴か。今、大絶賛、走馬灯駆け巡り中か。俺の人生ダイジェストで放送中か。それにしちゃ何も見えてこねえじゃねえか。さつきさんって声がしただけだぞ。二十数年生きてきて、俺には思い出すべき思い出も特にないってか。モブの人生なんてそんなもんか。くそが。

ぼすっ！　どん！　ごろごろ、ずごん！

ほんの一瞬のうちに俺の脳みそは高速回転したが、結局しょうもないことを考えただけで何の役にも立たなかった。

「いってえええええ！」

いきなり布みたいなものに包まれたと思ったら、乱暴に投げ出された。床をごろごろと五メートルも転がって、ベンチにぶつかって止まる。

「……ってえ……」

背中を思い切り打って息が詰まったが、それでもそう呟いてしまう。だって痛いんだもん。

きゃあああ、と周囲の人たちから悲鳴が上がる。誰もほかの人を巻き込まなくてよかった。とりあえず生きてる。俺、まだ生きてるぞ。

落ちたときにちょうど真下にあった臨時店舗のテントの屋根に突っ込んだみたいだった。そのままテントをなぎ倒して床に転がったものだから、辺りには店の小物やら何やらの商品が散乱して、ひどい有様だ。

「B介！　おい、生きてるか！」

三階の手すりから身を乗り出してA太が叫んでいるのが見えた。そんなに乗り出すとお前も落ちるぞ。A太の背後から、子供の泣き声が聞こえてくる。さっきの男の子だろう。火の付いたようなえらい泣き方だ。突然ヤカラにぶん投げられたんだから、まあ泣くわな。死んでたら泣くこともできないから、泣き声がするってことはとりあえず生きてるってことだ。よかった。

「大丈夫ですか！」

駆け寄ってきた店員のお姉さんがそう訊いてくれた。店をぐちゃぐちゃにしちゃったのに、優しい。ありがとうございます。

「あ、多分……」

そう言って起き上がろうとしたら、激痛。

「あづっ……」

お姉さんが「ひっ」と声を漏らして青ざめた。右腕が、ぷらんとしている。ああ、これはだめだ。今日の仕事、穴開けちゃうよ。ごめん、寺井君。

それでも無理して立ち上がる。

「あ、大丈夫です、大丈夫」

なぜ人は、大丈夫じゃないときほど大丈夫なふりをしてしまうのか。えへへ、と不気味に笑う満身創痍のヤカラに、お姉さんが一歩後ずさったときだった。

「さつきさん！」

さっき聞いた梨夏ちゃんの声が、背後から。また聞こえたってことは、走馬灯継続中？俺、実は死んでた？　とか思ったら、右腕にすごい衝撃。

「いってえええええ！」

「きゃあああ！」

「大丈夫ですか、さつきさん！」

半泣きの梨夏ちゃんがすごい勢いで突っ込んできた。俺の折れた右腕の方に。それを見たお姉さんが悲鳴を上げる。カオス。

「死んじゃだめです、さつきさん！」

「いだだだだだだ！」

梨夏ちゃんが抱きついている。それは嬉しいんだが、痛い。痛い痛い痛い。

「お姉さん、救急車！　救急車呼んでください！」

俺は叫んだ。

「は、はい！」

お姉さんが我に返ったように携帯電話を取り出す。

「梨夏ちゃん！」

俺は無事な左手で梨夏ちゃんの肩を押し留める。

「そっち、痛いから！」

「あ、ごめんなさい！」

梨夏ちゃんが慌てて身体を離した。

「何でこんなところにいるの、梨夏ちゃん」

「私のことなんて、今はどうでもいいんです！」

梨夏ちゃんはこれ以上ないくらい、きっぱりと言った。

「さつきさん、起き上がっちゃだめです！　横になっててください」

「いや、だいじょう」

「ぶじゃありません！　頭打ってるかもしれませんから！」

いつになく真剣な梨夏ちゃんのおっかない顔に気圧されて、俺はおずおずとその場に横になった。梨夏ちゃんはその横にしゃがみこむ。

「ああ、大変……腕以外に痛いところないですか」

「うーん、多分……」

本当は背中とか胸とか足とか、まあ全身が痛いんだけど。三階から落っこちたんだから当たり前だけど。でも梨夏ちゃんにそれを言って心配させたくなかった。右腕がぷらぷらしてるんでもう遅いっちゃ遅いんだけど。

「B介！」

A太がエスカレーターを駆け下りてきた。

「大丈夫かよ！」

「大丈夫っつうか」

俺はへし折れた右腕を上げる。痛い。

「これもんだ」

「あぁー」

A太は自分まで痛そうに顔をしかめる。

「全治一時間くらいか」

だめだ。こいつも俺と同じですっかりモブ思考に侵されてる。

「一時間じゃ済まねえよ。リアルの負傷だから一か月以上かかっちまうだろ」

「あ、そうか。まだ仕事前だもんな」

A太はすっとぼけた顔で頷いた後で、俺の隣にしゃがんでいる梨夏ちゃんを見た。

「うわ、すっげえ可愛い子」

でかい声で身も蓋もないことを言ってから、俺に顔を向ける。

「え？　知り合い？」

「ああ、まあ……」

なんて説明していいか分からない。

「そんなことより」

俺はとっさに話題を変えた。

「あの男の子、怪我無かったか」

「あ、おお。あの子な。すげえ泣いてたけど、怪我は無さそうだったぞ」

A太の言葉にほっとする。

「そうか。ならよかった」

「そうだ、あの子の親にちゃんと言っとかねえとな。あんたらの子供助けるために俺のダチが落っこちて死にかけたんだぞって」

「いい、いい。そんなこと言わなくて」

A太のヤカラ顔でそんなこと言われたら、新手の当たり屋かと思われそうだ。

「でもよう」

「子供が怪我してねえんなら、それでいいじゃねえか」

そこまで言ってから、不意にこの後の予定を思い出す。

「ああ、そうだ。かっこつけてる場合じゃなかった。わりい、A太。俺、この後の仕事だめだわ」

「そんなこと心配しなくていいよ。会社に電話して誰か手配してもらうから。もしだめなら俺一人でどうにかすっからよ」

A太は何のためらいもなくそう言ってくれた。ありがたい。

「すまねえ」

遠くの方からサイレンの音が聞こえてきた。

「もうすぐ救急車来ます」

駆け寄ってきた店員のお姉さんが言った。

「ご友人の方も付き添われますか」

「あ、えっと俺は、この後用事が」

今度は、A太がはっきりとためらう。

「私が付き添います」

A太の代わりに、まるで生まれたてのお釈迦様みたいにぴんと真っ直ぐ手を挙げたのは、梨夏ちゃんだった。

……え？


「じゃあ、俺は現場に行くからな」

ストレッチャーに乗せられた俺から少し離れたところで電話をしていたA太は、小走りに近付いてくるとそう言って俺の顔を覗き込んだ。

「しっかり治療に専念しろ。無理すんなよ」

「仕事、大丈夫そうか」

俺は言った。

「当直が寺井君だったら、またテンパらせちまうな」

「気にすんな、そんなこと。こっちは大丈夫だから自分の怪我の心配だけしとけ」

A太はそう言って笑うと、心配そうに俺の方を見ている梨夏ちゃんをちらりと見た。

「そんなことより、あの子のこと後でしっかり教えろよ」

「あ、おお」

俺の生返事に、A太はにやにやと笑う。

「いやー、お前にあんなモブらしからぬ彼女がいたとはよ。いつも一緒に仕事してんのに、気付かなかったぜ」

「いや、彼女とかじゃねえって」

「いいからいいから」

俺が三階から落っこちて大怪我をしたというのに、A太はもうすっかりいつもの調子だ。まあ、そんなもんだろう。俺だってA太が大怪我しても、多分そんな感じになる。モブという職業柄、お互い仲間の怪我には慣れすぎるくらい慣れてしまっているのだ。一種の職業病のようなものだ。

「じゃ、行くわ。あの子供の親には俺から言っとくから」

そう言うと、A太は軽く手を振って去っていった。

すまん、A太。心の中でA太の背中に謝る。あいつはあいつで、これから大変だ。俺の代わりをよこしてもらわないといけないし、だめなら一人でナンパすることになるが、話が違うと作者さんからクレームがつくかもしれない。

本当に、今日の当直が寺井君じゃなけりゃいいけど。

「それじゃ、行きますよ」

救急隊員が言った。ストレッチャーを押され、俺は救急車へと搬送されていく。その後ろを、心配そうな顔の梨夏ちゃんが付いてきてくれた。

右腕の骨はもちろん折れていたが、幸いそれ以外の場所は打撲程度で済んだ。だが頭を打っている可能性もあるということで、大事を取って今日一日だけ入院することになった。ああ。また金がかかる。

あてがわれた病室でぼんやりしていると、カーテンが遠慮がちに開いて梨夏ちゃんが顔を出した。

「さつきさん」

「よう、梨夏ちゃん」

眠くもないのにベッドに横になっていた俺は身体を起こした。

「ありがとな。付き添ってもらっちゃって」

「いえ、いいんです」

梨夏ちゃんは包帯でぐるぐる巻きにされた俺の右腕を痛ましそうに見た。

「痛いですか」

「まあ、動かしゃ痛いけど。こうしてる分には大丈夫だよ」

俺は梨夏ちゃんに椅子を勧めた。怪我のことなんかより、聞きたいことがあった。

「びっくりしたよ」

俺は言った。

「こんなところで会うなんてな」

「私もびっくりしました」

梨夏ちゃんも神妙な顔で頷く。

「あのとき私、ちょうど二階から下を見てたんです。そしたら、上からすごい音がして、見上げたらさつきさんが落ちてきたから」

「よく俺だって分かったね」

「さつきさんは、見間違えるわけないです」

梨夏ちゃんは微笑んだ。

「ずっと捜してた人だから」

「え」

「あ、いえ」

俺が固まると、梨夏ちゃんは慌てて手を振った。

「あの、変な意味じゃなくてですね、お礼を言いたくてずっと捜してた人っていう意味で」

「ああ」

俺は頷く。そうだった。梨夏ちゃんは俺にお礼を言うために、駅前でずっと俺を捜してくれていたんだった。

「今日は、買い物だったの？」

「はい」

「あのショッピングモール、よく行くの？」

「いえ、今日が初めてです」

「なら本当にすげえ偶然だなあ」

「そうですね、ほんとに」

しみじみ頷く梨夏ちゃんの顔から俺は目が離せなかった。俺の視線に気づいた梨夏ちゃんが、顔を赤くしてぎこちなく笑う。

「どうかしましたか」

「ああ、いや」

すげえ偶然。

この出会いを本当にそんな言葉で片付けられるなら、それに越したことはないわけだけど。でも、そうはいかないだろう。俺たちが出会うはずはないのだから。

偶然なんて、起きるはずがないのだ。

俺やA太やH川のおっさんや寺井君や森井さんやジュンさんやチャーリーさんやゾークさんがこの世界で生きているように、梨夏ちゃんは梨夏ちゃんたちの物語の世界で生きている。そこは、俺たちの暮らす世界とは並行世界のような関係の世界だ。ここことは別の世界なのだ。

だからこそ、俺たちモブは、あっちの世界で大怪我しようが死のうが身体ごと消滅しようが、こっちの世界では大した影響もなく（消滅までしちまうと多少なりとも影響はあるわけだが）生きているわけだ。

物語世界の創造主たる作者さんの許可を得て、俺たちはモブとしてその世界に足を踏み入れる。だが、向こうの住人がこっちにやって来ることはできない。理屈は分からないが、多分こっちの世界は、どこかの作者さんが作った物語ではないからだろう。

だから今まで俺は彼女の物語にモブとして入り、モブとして彼女と出会ってきた。一度目も二度目も、三度目もだ。彼女との間にはいろいろとイレギュラーなこともあったが、それでもそこだけは変わらない。俺はモブ、彼女はメインキャラクター。それは他のモブ仕事と同じ、大前提だ。

でも今日、俺は彼女の物語世界に入った感覚はなかった。ここはただの、俺たちの現実世界だ。こうして本当に大怪我しているのが、何よりの証拠だろう。

だから、俺は彼女とこんな風に出会ってはいけないはずなのだ。それは、世界の法則に反している。

「梨夏ちゃん」

試しにもう一度、名前を呼んでみる。

「はい、何ですか」

返事をする彼女は、はっきり言ってめちゃくちゃ可愛い。現実のものではないみたいだ。えっ、まさか。恐ろしい可能性に思い至ってしまう。まさか頭を打ったから、俺はこんな幻影を見ているのか。いや、そんなわけない。でも、万が一ということもあるぞ。俺はおそるおそる無事な左腕を彼女に伸ばした。

「あ、何か取りますか？」

俺の怪しい挙動を勘違いした彼女がサイドテーブルの方を見るが、俺はそのまま彼女のほっぺたをつついた。

ふかっ。

いや、ふわっ、かな。柔らかい。コンビニで売ってるふかふか食感が売りのスイーツみたいな感触があった。

チープな比喩でごめんなさい。だって、こんなにふかふかしたもの他に思いつかない。でもとにかく幻覚とかじゃない。俺は今、壁に向かって独りごと言ってるわけじゃない。

「ええっ」

梨夏ちゃんはびっくりした顔でこっちを見た。可愛い。指先に残るこの感触は絶対嘘じゃない。彼女は紛れもなく現実に存在している。

「どうしたんですか、さつきさん」

梨夏ちゃんは自分のほっぺたを押さえて顔を赤くしている。

「ごめん。何となく」

「びっくりしたあ」

そう言って笑う梨夏ちゃんが、俺の脳が勝手に作り上げた幻覚だったりしたら地獄だ。

「あ、そうだ。壊しちゃったお店のことですけど」

梨夏ちゃんが言った。梨夏ちゃんは俺の代わりにさっきの店のお姉さんと連絡先を交換し、向こうの状況の確認までしてくれていた。

「さつきさんが助けた男の子のご両親が、ショッピングモールと話し合うことになったみたいです」

「じゃあ俺は弁償しなくていいんだね」

「はい」

よかった。ただでさえしばらく仕事ができない状態になってしまったのだ。入院費に加えて、店の商品を弁償しろなんて言われたらどうしようかと思った。

あからさまにほっとした顔をしていたんだろう、梨夏ちゃんが困ったように微笑む。

「そんなの当たり前ですよ。さつきさん、命懸けであの子の命を救ったんですから」

「いや、それはそうだけど」

っていうか命を懸けるつもりまではなかった。結果的に死にかけただけで。全部、その場の勢いでやったことだ。それに、そんなことは落ちた先にあったあの店には何の関係もないしね。

「あの男の子のご両親がさつきさんにお礼のご挨拶に伺いたいって言ってたんですけど、ここ教えてもいいですか？」

「あ、うん。全然いいよ」

「よかった。実はもう教えちゃってたんです」

安心したように笑う梨夏ちゃんが可愛い。

「ほんとにありがとね。何から何まで」

「何言ってるんですか」

梨夏ちゃんは少し潤んだ目で俺を睨む。

「何から何までっていうのは、初めて会ったときにさつきさんが私にしてくれたみたいなことを言うんですよ。今回は人命救助した結果の、名誉の負傷なんですから。さつきさんは堂々としていてください」

「はい」

ナンパモブにその優しさはきつい。また勘違いしそうになる。

「そういえば、ヒロキ君とは仲良くやってるの」

自分を戒めるために、俺は彼の名前を出した。梨夏ちゃんは一瞬何だか曖昧な顔をした。

それから、ああヒロキ、と頷く。

「ええ、あの、はい」

少し言いづらそうに。

「おかげさまで、その、お付き合いを」

お付き合いを、というときの梨夏ちゃんの顔はすごく幸せそうだった。

そうだよなあ。あぶねえ、あぶねえ。また無意味に凹むところだった。

「そりゃよかった」

「全部、さつきさんのおかげです」

「それはない」

「それはなくないです」

そんなことを話しているうちに、肝心のことは聞けずじまいになった。聞いたところで、彼女には何を聞かれているのか分からなかったかもしれないけど。

梨夏ちゃんの整った顔を見ながら、俺はその疑問を心の中で呟いた。

梨夏ちゃん、君はどうしてここにいるんだい。

急な入院なので、当然のことだが何の準備もしていない。着の身着のままの俺に、梨夏ちゃんは「私、下着とか買ってきます」と申し出てくれたが、そういうのは病院の売店で買えるから大丈夫、と断った。さすがに家族でも恋人でもない女の子に、下着まで買わせるわけにはいかない。

それに足が折れてるならともかく、折れてるのは腕なので、地下の売店まで普通に自分で歩いていける。っていうか、念のための入院なので全然元気なのだ。

あと言いづらいけど、ぶっちゃけ俺みたいなずぼらな独身男は、一日くらいパンツ替えなくたって別に問題な、げふんげふん。

そんなわけで、梨夏ちゃんをこれ以上引き留めるのも申し訳ないので、俺は彼女を病院の玄関まで見送った。

「さつきさんの電話番号、教えてもらえませんか」

別れ際に、梨夏ちゃんはそんなことを言った。

「それとも、ぴいすけさんって呼んだ方がいいのかな」

「え？」

「さっきのお友達は、さつきさんのことをそんなあだ名で呼んでましたね」

梨夏ちゃんは驚いた俺の顔を見上げて、ふふふ、と笑う。

「たくさんあだ名があるんですね、さつきさん」

「ああ……」

どうもさっきショッピングモールでA太が俺を呼んだのを聞いていたらしい。ぴいすけではなくてB介なのだが。それもあだ名ではなくて、なんというか……モブの識別記号みたいなもので。

俺たちの世界には名前を持っていない人間なんて掃いて捨てるほどいて、それが全然珍しくはないのだが、人間は全員名前を持っているというのが、梨夏ちゃんの世界を含めた大半の物語世界の常識だから、あまりそういうところにはピンと来ないのかもしれない。

「電話番号かあ……」

俺は自分のスマホを取り出した。

ここで俺と彼女が電話番号を交換したら、どうなるのだろう。異なる世界を生きるはずの二人だ。電話したところで繋がりはしないだろう。それなら、交換したって無意味だろう。

そこまで考えて、はっと思い付く。いや、逆に考えてみろ、B介。無意味だからこそ、別に交換したっていいんじゃなかろうか。

もちろんこれがモブの仕事中だったなら、そんな行為はご法度だ。モブがヒロインと電話番号を交換するとか、絶対にありえない。だけど、今はプライベートだ。俺はモブじゃないし、彼女はヒロインじゃない。……多分。

プライベートの時間に、会うはずのない女の子と出会って、そして電話番号を聞かれている。不思議だ。一体、どこまでが現実なんだろう。そんなことを考えるが、この右腕の痛みは本物だ。全部現実なんだろう。そう思うことにしよう。どうせ俺には難しいことなんて分かりゃしない。

「じゃあ電話番号、交換しよっか」

俺の言葉に梨夏ちゃんは、ぱっと顔を輝かせた。

「いいんですか」

「今日はすっかりお世話になっちまったしね」

俺は言った。

「退院したら、お礼にメシでもおごるよ」

「そんな」

梨夏ちゃんは慌てて首を振る。

「いいですいいです、そういうつもりじゃありません」

「いや、ほんとにおごらせてよ」

俺は粘った。

「俺の気が済まないからさ」

「じゃあ……」

梨夏ちゃんは少し考えてから、いいことを思いついたように笑いを含んだ目で俺を見上げる。

「おごりじゃなくて割り勘だったらいいです。私だってちゃんと働いてお給料もらってますので」

「そうか。そうだね」

梨夏ちゃんだって立派な（そう、多分俺よりもよっぽど立派な）社会人だ。偉そうにおごるおごると言うのもかえって失礼な話かもしれない。

「じゃあ、そうしよう」

「はい」

梨夏ちゃんは嬉しそうに頷いた。

きっとこれは、今のこのバグみたいな状況が解消して、梨夏ちゃんがきちんと自分の物語世界に戻っていったなら、決して果たされることのない約束になるんだろうな。

梨夏ちゃんは律儀だから多分何度か電話して、それから困ったように、おかしいなあ、と首をひねるんだろう。その梨夏ちゃんの姿を想像すると、胸がぎゅっと切なくなる。でも、きっとじきに忘れる。身分違いの秘めた思いは、それくらいの淡い関係でなきゃ苦しすぎて暴発しちまう。

俺たちはお互いの電話番号を交換し合った。

「電話しますね」

梨夏ちゃんは笑顔で言った。

「さつきさんも電話くださいね」

「ああ」

俺は曖昧に頷く。

「でもヒロキ君との電話の邪魔はしないよ」

「それとこれとは、全然別です」

梨夏ちゃんはきっぱりとそう言った後で、少し寂しそうに笑った。

「やっぱり、名前は教えてくれないんですね」

「え？」

「私、これからもさつきさんって呼んでいいですか？」

まるで俺との別れを惜しんでくれているかのような、何かを堪えるみたいな梨夏ちゃんの表情に、俺の胸は詰まった。君に教えられる名前があったなら、どんなによかったか。

「俺、結構気に入ってるんだぜ」

だから俺は代わりにそう言った。

「梨夏ちゃんが付けてくれた、さつきさんってあだ名」

「図々しく、そんな風に呼んじゃってごめんなさい」

梨夏ちゃんは照れたように目を伏せる。

「この街で私のことを梨夏ちゃんって呼んでくれるのも、さつきさんだけです」

「えっ」

　そうかな。

「そういえばヒロキ君は能勢って呼んでたね」

「はい。今は、梨夏って」

「そうか。もう呼び捨てか」

　そうだよな。恋人同士だもんな。ありがとう。おかげでまた冷静になれた。

「じゃあ」

　俺は手を振って、梨夏ちゃんと別れた。梨夏ちゃんは何度も振り向き、

「電話しますね」

　と言ってくれた。

　梨夏ちゃんの姿が見えなくなって、病室へ戻ろうと踵を返すと、スマホが震えた。振動が長い。電話だ。さっそく梨夏ちゃんが掛けてくれたのか。

　驚き半分、嬉しさ半分。ろくに画面を確認もしないで出る。

「はい、もしもし」

「もしもし、B介さん、A太さんから聞きましたよ！　今日は大変でしたね！」

　寺井君だった。自分がすうっと真顔になるのが、鏡を見なくても分かった。

「あ、寺井君。ごめんね。仕事に穴開けちゃって」

思わず心のこもらない平坦な口調になってしまったが、寺井君は全然気に留めなかった。

「いいんですよ、命に別状なくてよかったです！　それで入院って伺いましたけど……」

「うん。入院は念のためで、今日一日だけなんだよ。だけど腕の骨折は全治三か月だって」

「あぁー……」

寺井君は同情するようにそう唸った後で、がらりと口調を変えた。

「じゃあB介さん、明後日はもう動けるんですね？」

「え？　動けるって……」

俺の話聞いてたか？　全治三か月なんだってば。戸惑う俺に構わず、寺井君は話を進める。

「実は明後日、腕を骨折してるモブが欲しいって依頼が来てるんです。そんな人、都合よくいるわけないから現地で骨折してもらおうかと思ってたんですが……」

「何それ。骨折してるモブってどんな依頼だよ」

「大病院がゾンビに襲撃されるんです」

寺井君は言った。

「足を骨折して逃げることのできない他の患者たちを見捨てて、自分だけ走って逃げようとする患者役です。だけどその後すぐに」

「あー、分かったよ」

みなまで言うな。

「結局そいつが真っ先にゾンビに食われるんだろ？」

「はい！　その通りです！」

寺井君の嬉しそうな声。

「さすがですね、B介さん！」

いや、何を誉めてんだ。嬉しくねえよ。

ゾンビものか――……。普段なら絶対避ける案件だけど、今は事情が違う。この腕じゃ普通のナンパモブは当分できない。三か月も収入が途絶えたら、ヤバい。ギプスをしていてもできる仕事は、全部拾っていくくらいのつもりでいないとな。それにゾンビに食われれば、落命手当も付くし。

「わかった、やるよ寺井君。仕事まわしてくれてありがとう」

「いえいえ」

寺井君は明るい声で言った。

「B介さんみたいに、いつも緊急の案件を受けてくれる人のために働きたいんです、僕は」

「嬉しいこと言ってくれるねえ」

自分が大怪我をしたからだろうか。

梨夏ちゃんといい寺井君といい、今日は人の優しさが妙に身に沁みた。

8. 深度

「冗談じゃねえ、こんなヤバいところに一秒だっていられるかよ！」

俺は叫んだ。

「お前らはここでゾンビの餌になりな。悪いけど俺は行くぜ」

おお。ついに叫んだぜ。

モブ雑誌『月刊モブデイズ』の「モブとして一度は言ってみたい台詞ランキング」で毎年上位に入る、全国のモブ憧れの台詞、「こんなヤバいところにいられるかよ」。

うひょー、言ってやったぜ。ナンパモブやってる限りは、こんな台詞を口にすることはないだろうと思ってたけど。

なにせナンパモブなんてせいぜい、「たまにはもう少し作者に言い方を捻ってもらいたい台詞ランキング」に「ねえねえ、俺たちとどっか遊びに行こうよー」が時々ランクインしているくらいのもんだからな。

ナンパモブって認知度こそ高いけど、モブとしては非常に地味な存在なんだよな。

「そんな！　ここにいる人たちを見捨てるっていうの」

看護師の女性が俺に非難の目を向けてくる。

「自分だけ助かろうだなんて」

ナンパモブじゃなくてもやっぱり女から罵られるんだな、俺って。ちょっと悲しくなったが、そんな気持ちは表情には出さない。

「へっ。ゾンビが溢れ出ちまったからには、もうこの世界は弱肉強食なんだ。強い者しか生き残れねぇんだよ」

俺は床に唾を吐いた。

「あばよ！」

そう叫ぶと、ギプスをした右腕を揺らしながら、出口に通じる大きな扉に向かって走る。

「待て、そっちは！」

後ろで主人公の青年が叫んでいる。だけど俺はもう振り向きもしない。がちゃり。でかいドアノブを捻って扉を押し開けた時だった。

「うわっ」

思わず目を見開く。

「きゃああ！」

「うわああ！」

俺の背後からも悲鳴が上がった。それもそのはず。俺の開けた扉からゾンビがわらわらと入ってきたのだ。

「ぎゃああっ、なんで⁉」

ゾンビに腕や顔を摑まれながら、俺は叫ぶ。

「ちょ、ま、誰か助け……」

俺の声もゾンビたちに覆いかぶさられてすぐに聞こえなくなる。ガジガジと俺の身体を齧るゾンビたち。あー、いてえ。やっぱゾンビものはだめだ。

痛い痛い痛い。痛い時間が長いって。これならA太みたいに謎の光で蒸発した方がよっぽどましだっつうの。

いたたたた。だんだんと意識が遠ざかる。あー、これ死んだな。

気がつくと、俺は病院の外のベンチに腰かけていた。物語の世界からは抜け出した感覚があった。

ふう、やれやれ。あっちの世界では病院の中でゾンビが大量発生しているんだろうけど、こっちの世界は静かなもんだ。

身体が何となくすかすかしてるのは、腕とか足とかがゾンビに食われて、ところどころ虫食いみたいになってるからだ。結構食われた。全治五、六時間ってところか。

しばらくここで休んでいくか。俺はポケットからスマホを取り出して、アプリを起動する。仕事の終了時間を入力して、「落命」の欄にチェック。

「死因」か……「ゾンビに食われた」っと。はい、これで終わり。

次の仕事の依頼が来てないか見てみるけど、さすがに何もなかった。まあ、そりゃそうだよな。腕の折れたモブなんてそうそう使い道はない。

「はーあ」

青い空を見上げてため息をつく。仕事、入らないときついなあ。助けた男の子の両親がお見舞金を少しくれたけど、それだけで食っていけるはずもなく。生活、厳しいなあ。

そのとき、スマホが震えた。A太からの電話だった。

「もしもし」

「おー、B介。なんか気の抜けた声してんなあ」

A太は相変わらず元気そうだ。とはいえ、気の抜けた声は俺の元気がないせいばかりではない。

「違え(ちげ)よ。ゾンビに食われてほっぺたに穴が開いてんだよ。それでさっきから喋るときにしゅーしゅー空気が漏れてんだよ」

「あー、ゾンビもののモブやってんのかあ」

A太は能天気に笑う。

「手当がいいもんなあ」

「ほんとはやりたくねえけどさ。腕が折れてるうちは、ナンパモブもできないから仕方ねえんだよ」

しゅこー、しゅこー。口の横から空気が漏れる。ああ、喋りづらい。

「それよりそっちはどう。こないだの俺が行けなかった仕事とか大丈夫だったか」

「あー、大丈夫大丈夫。D郎が来てくれて、うまくやったよ」

「そうか、それならよかった」

「で、俺も今ちょうど一仕事終えてこれから夕飯でも食おうと思ってるんだけどよ」

A太は言った。

「一緒にどうだ？」

「あんまり金がねえんだよ」

俺は情けない声を出す。

「病院代もあるし、仕事も減っちまったしさ。当分はスーパーでもやし買って塩でゆでて食うわ」

「ぎゃはは。そう言うだろうと思ってさ。今日くらいはおごってやるから来いよ。退院祝いだ」

A太はいつもの居酒屋の名前を挙げる。

「先に入って待ってるから」

「さっきゾンビに食い殺されたばっかりだから、まだけっこう肉とか見えちゃってるけどいいか？」

「そんなもんこの街じゃ誰も気にしねえだろ」

A太は笑って電話を切った。

ありがたい。スマホに向かって頭を下げる。やっぱり持つべきものは仲間だぜ。

いつもの居酒屋。右腕を吊っていて箸をうまく使えない俺は、唐揚げを爪楊枝で刺して食いながら、ハイボールを一口。アルコールが胃袋にじゅわわわ、と染み渡っていく感じがする。

「あー、うめえ」

「ほら、頬からこぼれてんぞ」

A太がおしぼりを差し出す。

「あれ、まだか。もうほとんど塞がったと思ってたんだけどな」

俺は頬の穴をおしぼりで拭く。ここに来るまではゾンビみたいにしか歩けなかったけど、時間の経過とともにだいぶ足の肉も戻って来て、普通に歩けるようになった。だからてっきり、頬の穴も塞がったと思ったんだけどな。

「やっぱりゾンビものの現場は過酷だな。背に腹は代えられねえけど、落命手当の付く現場って慣れねえわー」

俺が言うと、A太もハイボールを飲みながら頷く。

「だよなー。ゾンビものっていえば、ジュンさんがこの前またゾンビものに出て銃撃ってたって言ってたぜ」

「えー？　ジュンさんまたゾンビもの出たのかよ。完全に味占めちゃってんじゃん」

「名前もらったのがよっぽど嬉しかったんだろうな」

　A太は笑う。

「まあ今回は名もなき巡査だったらしいけど」

「それでいいんだよ」

　俺は頷く。

「名もなき一巡査。それがジュンさんの本来あるべき姿だ」

「悪いこと言ってんなあ」

　A太は笑顔でハイボールを飲むと、俺の右腕のギプスに目を向けた。

「そのギプスさえ取れちまえば、もう骨が折れてるなんて外からは分かんねえだろ？　そしたらナンパモブに戻って来いよ。もしバイオレンスな作風でヤバくなったら俺がボコられてやるからさ」

「すまん、A太」

　ありがたい言葉だ。確かにギプスが取れる段階までいけば、うまくごまかせば復帰できそうだ。

「いいってことよ。相棒がいつまでもいないんじゃ俺も困るからな」

A太は厚揚げを一切れ口に放り込む。

「俺、今D郎と組んでるんだけど、結構、何ていうかさあ……」

A太にしては珍しく言葉を濁す。

「確かB介もあいつと組んだことあったよな?」

「ああ、あれだろ」

A太の言いたいことはすぐに分かった。

「先輩風（せんぱいかぜ）」

「そう」

A太は頷く。

「なんなの、あいつのあの先輩面。年下の癖しやがって、先輩風が風速50メートルくらいで吹き付けてくんだけど」

「そうなんだよ。あいつ、やけに言葉がきついんだよ。普通に言ってくれりゃいいものをさあ」

「お前もB介もよくそんなのでこれまでナンパモブやってこれたよな。よっぽどぬるい現場ばっかり選んできたんだな」

A太はD郎の口ぶりを真似してみせた。しばらく組んでいただけあって、うまい。目の前でD郎がそう言ってるみたいで地味にムカつく。

「とか言いやがってよ、あの野郎」

A太が鼻息を荒くする。

「舐めやがって」

「言うことは立派だけど、D郎だって前に俺と組んだ時によ……」

俺たちはしばらくD郎の愚痴で盛り上がる。

「まあ、D郎なんかのことより」

突然、A太がにやりと笑って話題を変えた。

「こないだのあの子、誰なの」

「ああ……」

聞かれるとは思っていた。A太が今日、夕飯をおごってくれると言ったのも、もちろん俺を元気づけるという意味もあるだろうが、それを聞こうという目的も大きいんだろう。

「能勢梨夏ちゃん」

「おお」

A太は目を丸くする。

「名前のある子か。そうだよな、あんなに可愛いもんな。どうやって知り合ったんだ」

「いやー……実はさ」

俺はハイボールを一口飲んで唇を湿らせる。話すつもりはなかったのだが、俺も骨折して仕事が減って、気が弱くなっていたのかもしれない。俺はA太に、梨夏ちゃんとの出会いから今日までのことを全部話してしまった。聞き終わると、A太は難しい顔で腕を組んだ。

「それはちょっと、おかしいな」

「だろ？　闇堕(やみお)ち判定されちまうかな」

「闇堕ち？」

A太はきょとんとする。

「誰が？」

「俺が」

「は？　なんで？」

「いや、だってさ」

自分で説明するのは非常に恥ずかしいのだが、一介のモブに過ぎない俺がヒロインの梨夏ちゃんの相談に乗ったり一緒に飲みに行ったり、電話番号まで交換したりとモブの範疇を大きく逸脱した行動をとってしまっているから、というようなことをもぞもぞと説明した。

「いや、それはねえんじゃねえの」

A太の答えは明快だった。

「だって向こうからぐいぐい来たんだろ？　お前から行ったわけじゃなくて」

「まあ、それはそうだけど。でも最初に声かけたのは俺だし」

「当たり前だろ、それがナンパモブの仕事だろうが」

A太は呆れた顔をする。

「こっちは依頼通りにちゃんと仕事して、それで闇堕ち扱いされるってどういうことだよ」

「まあな」

「作者さんからクレームだって来てないんだろ。それならB介が闇堕ち呼ばわりされる筋合いなんか全然ないいんじゃねえのか」

「そうかなあ」

「まあ森井さんあたりの耳に入ったら、何て言われるか分かんねえけどな」

「そうだよな」

俺が頷くと、A太はハイボールを飲んで、とにかく、と言った。

「俺がおかしいって言ったのはそっちじゃねえよ。ナンパが成功したとか相談に乗ったとか、モブにそんなことやらせるのも変わってるけど、結局そのへんは作者さんの裁量だろ。そうじゃなくて、あの子に現実世界でも会ったってのはどう考えてもおかしいだろ」

そうだ。A太の言う通りだ。

確かに、梨夏ちゃんがモブの俺にやけに懐いてくれるのは、まあそういう作風なんだと言われれば納得できなくもない。かなりおかしな話ではあるけど、そういうことだってなくはないというレベルの話だ。

だが、ショッピングモールで、三階から落っこちた俺のもとに梨夏ちゃんが駆けつけてくれたこと。あれは物語の中でも何でもなく現実での出来事だ。それは、どう考えてもおかしいんだ。

「物語世界の人らがこっちに出てくるときってのはさ」

A太が言う。

「その物語がエタっちまったときじゃん」

「そうだな」

エタる。

物語が完結を迎えることなく、途中で作者さんが執筆を完全に放棄してしまうことは、「もはやエターナル（永久）に更新されない」ということからそう呼ばれている。

完結した物語は、「閉じる」んだそうだ。完結することで、物語の世界が完成する。ナンパモブの俺は仕事柄、物語のクライマックスとかに呼ばれることがないのでよく分からないが、森井さんの難しい言い回しを借りれば、「全き世界」になるんだそうだ。

だけど、物語が途中でエタってしまうと、その世界は完成することなく放置されてしまう。

そうするとどうなるのか。その物語世界と俺たちの現実世界とを隔てる壁が、徐々に壊れ始めるんだそうだ。そして壁が崩れると、物語世界は現実世界と同化してしまう。

そうしたら、その物語の登場人物たちもこっちの世界で暮らしていくことになる。もちろん、自分の物語世界にいたときのような超絶した能力や圧倒的な容姿なんかは失われてしまうわけだけど。

それでもまあ俺たち普通のモブよりはちょっとは輝いて見えたりもする。逆にそのせいで、彼らにはモブの仕事はなかなかできない。

とはいえ、エタるという現象の基準自体、かなり曖昧だ。執筆が止まってしまったとして、どこまでいけばエタったとみなされるのか。二年も三年も経ってから再開する物語だってあるのだから。

物語世界の壁が壊れてしまって俺たちの世界と同化したときには、もうその物語は完全にエタったと言えるのだろうけど、エタりかけた物語世界の壁が崩壊するまでにかかる時間は、まちまちだ。一説によれば、その物語の長さや人気、作者の思い入れなどが関わってくるらしい。

大きな物語の始まりを予感させておきながら、すぐにエタってしまう作品というのは、実はたくさんある。第一話、第二話くらいでエタってしまった物語世界の壁は、壊れるのも早いんだそうだ。

逆に、こつこつと何百話も続いた物語なんかになると、その後何年も更新がなくても全然こっちの世界と同化しないということもあるらしい。まあそれでも再開しないのであれば、いつかは……ということなんだろうけど。

「エタってはいないもんな」

Ａ太は言った。

「だって、その梨夏ちゃんって子の作者さんからは、ついこの間もモブの依頼が来たばっかりなんだろ?」

「ああ」

俺は頷く。

「ついこの間ってほどでもないけど。公園で泣いてた梨夏ちゃんの話を聞いたのは、二か月くらい前かな。それから今日までの間に何の更新もなかったとしても、もうエタったってことにされるのはさすがに早すぎる気がする」

「だよな」

Ａ太は難しい顔のまま、ハイボールを飲んだ。

「Ｂ介。この話をするの、ここだけにしといたほうがいいぞ」

Ａ太は言った。

「いろいろと分かんねえ点が多いからな。万が一、何かがある可能性だってある」

「ああ、ほかの人に喋るのは今日が初めてだよ」

俺は答えて、それから急に不安に駆られてA太に尋ねる。

「万が一何かがあるって、たとえばどんなことだよ」

「知るかよ」

A太は肩をすくめた。

「ただのモブに難しいこと聞くんじゃねえ」

「悪い」

そりゃそうだ。A太に分かるわけがない。ただのモブの俺にも、もちろん。

だけど何か、俺なんかの手にはとても負えないことが進んでいるのかもしれない。そんな悪い予感は拭えなかった。


とにかく選り好みせずに何でもやります、という俺のなりふり構わない姿勢が会社にも伝わったのか。

それとも寺井君が言ったように日頃の行いの助けもあったのか。

その辺の事情はよく分からないが、とにかく骨折ヤカラモブは意外にもそれなりに仕事にありつけた。

「あ、あいつに勝てるわけねえよ」

今日の仕事は、ケンカ自慢のはずなのに突然現れた転校生にボコられてしまった不良生徒役だ。ろくすっぽ学校にも行っていない俺には普通の生徒は無理だけど、こういうヤンキーものの不良生徒ならギリいける。

颯爽と転校生をシメに行くケンカ自慢の脇役キャラの取り巻きの一人……なのだが、最初から骨折してるやつがケンカに行けるわけもなく、俺ともう一人のモブ——ものもらいで片目がすっかり腫れてしまった彼は確かに殴られたように見える——は、転校生に返り討ちにあってすごすごと帰ってきた一団にそっと加わった。

悔しそうに自分の敗戦を主人公に語る脇役キャラの後ろで、俺は情けない声を上げる。

「あいつは化けもんだ。人間じゃねえよ」

痛々しい包帯姿で、まるで具体性のない恐ろしさを語った俺を、脇役キャラが振り返って睨んだ。

「うるせえ。てめえ、余計なこと言うんじゃねえ。ぶっ殺すぞ」

「ひっ」

俺は亀みたいに首をすくめる。

「と、とにかく俺はもうあいつに関わるのはごめんだ」

そう言ってそそくさとその場を後にする。俺の後に、数人のモブが続く。今日はいっぱい喋っちまった。ふふふ。

俺は無事、その日の仕事を終えた。学校を後にしてぶらぶらと歩きながら、やれやれ、と左肩を回す。ナンパモブだったら、一つの仕事が終わったからって気は抜けない。一日五件や六件、多ければ十件近い仕事をこなすことだってあるからだ。

一件終われば、もう次の仕事が待っている。時間通りにこなさなければ、主要キャラたちのその後のスケジュールに影響が出てしまう。

いかに手際よく声を掛け、ヒーロー（ヒロイン）の魅力を引き出した後でいかに後腐れなく退場するか。ナンパモブの仕事の成否はそこに懸かっていると言っても過言ではない。ぱっと出て、ぱっと退場して、素早く次の仕事に移行するのだ。

だが、骨折モブはその「数」が稼げない。ナンパみたいに次から次へと仕事が舞い込むようなメジャーなモブではないのだから当然なのだが、今日の仕事もこれ一件のみだ。

「はーあ」

たった一件だって、もちろんないよりはマシだ。平日の昼間に仕事が一件も入っていないときなんて、最悪だ。

怪我して最初の数日はまだよかった。のんびりテレビなんか見て、うつらうつらと昼寝をして、気がついたら夕暮れ。小腹が空いたのでコンビニで食料品を買い込んで、安い発泡酒を飲んでるうちに眠くなって、おやすみなさい。

だけどそんな日が続くうちに、だんだんと仕事もせずに昼間からごろごろしていることへの罪悪感が募ってきた。徐々に少なくなってくる貯金残高の心配と相まって、俺の精神状態は悪くなる一方だった。

これじゃいかん、と考えた俺は、一日の健康は太陽を浴びること、とか何とかテレビで言っていたのを真に受けて、とりあえず近くの公園まで行き、ベンチに座ってしばらく日光浴をしてみた。

行ってみて初めて知ったのだが、昼間、公園でのんびりしているのは年寄りばかりだ。本来は公園の主役であるべき小さな子供たちすらいない。

自販機で買ったコーヒーをベンチで飲みながら、俺は思った。ああ、だめだ。仕事しないと。このままじゃ俺はだめになる。

不安な気持ちのまま、寺井君に仕事を融通してもらおうと会社に電話すると、出たのは森井さんだった。その声を聞いたら、なぜか背筋がぞくぞくとした。

梨夏ちゃんと電話番号を交換して以来、この人と話すときはわけもなくどきどきするのだ。

俺は別に何にもやましいことなんかないぜ。堂々としてればいいんだ。自分にそう言い聞かせれば言い聞かせるほど、言動がぎくしゃくしてくるような気がする。

「ああ、B介君。状況は私も聞いてるよ、仕事ができなくて大変だろう」

俺の葛藤を知ってか知らずか、森井さんは相変わらずの淡々とした口調でそう言った。

「その腕でもできそうなモブは優先的に回すよ。こまめにアプリをチェックしてみて」

「ありがとうございます」

でもあんまり遅いと他の人に回すよ、と言われた俺は、どうせ暇なんでずっとアプリ開いて待ってます、と答えた。

それから、こうやって多少なりとも仕事を回してもらえるようになった。今日のこの不良生徒役も、結構無理をして捻じ込んでくれた感じがする。とりあえず終了報告をしようと、俺はスマホを取り出した。

「……あれ？」

仕事をしている間に不在着信があった。誰だろう。A太かな。開いてみて、思わず固まった。

能勢梨夏。

画面に表示されたその名前が、スマホの光とは別の神々しい光を放っているかのように見えた。

……梨夏ちゃん。

着信は、梨夏ちゃんからのものだった。電話しますね、と別れ際に何度も言ってくれた梨夏ちゃんの姿を思い出す。

社交辞令とかじゃなくて、ほんとに電話してくれたんだ。

胸が温かくなる。その嬉しさが半分。そしてもう半分は、えっ、ほんとに電話通じるんだ、という驚きだ。


俺と彼女は違う世界を生きているはずだ。この間、そこの点についてかなり混乱が生じたが、それでも俺はこっちの現実世界、彼女は彼女の物語世界で生きているという大原則はまだ存在しているはずだ。だけど、電話が通じるということは。

スマホの電波が世界の壁を越えるとは思えない。やっぱり梨夏ちゃんはこっちの世界にいるんだろうか。

それにしてもツイてない。普段、ずっと暇を持て余してるのに、たまに仕事をしているときに限ってこんな電話が入るなんて。

繋がるんだろうか、という一瞬の躊躇を振り切って、俺は折り返しの電話を掛けた。だが、呼び出しの音すらしなかった。

『お掛けになった電話番号は、電波の届かないところにおられるか、電源が……』

無機質な機械音声が、繋げるべき電話にたどり着かないことを告げる。

……。

もう一度掛けてみる。同じ音声ガイダンス。やっぱりだめだ。電話は繋がらない。

それは当然と言えば当然のことだった。この間、A太ともその点については確かめ合った。電話番号を交換したって、世界が違っちまえば繋がるわけがない。そりゃそうだ。だから、この電話が呼び出し音すら鳴らないことに疑問はない。

だけど。じゃあ、何で不在着信が残ってるんだよ。未練がましくもう一度電話しようとした時、モビーのアプリが反応した。誰からも評判の悪いマスコットキャラ、モビー星人が肩でぐねぐねとアイソレーションをしながら「しごとだよー」と言っている。

新しい仕事が入ったんだ。反射的に、俺はアプリを開いた。

「……え」

入っていたのは、モブの仕事ではなかった。

「闇堕ちハント　試薬担当」

そう書かれていた。おいおい、闇堕ちハントなんて、ただでさえやりたくねえのに。この身体でなんて無理に決まってんだろ。

前回のタダシの時もそうだったが、喚き、暴れ、場合によってはしゃにむに逃走を図ろうとする闇堕ちモブをしっかりと確保するのがハント要員の仕事だ。右腕が折れているやつにできる仕事じゃない。

何考えてんだ、森井さん。

思わずイラついたが、すぐに「試薬担当」というのがミソなのだということに気付く。闇堕ち対象者の額に試薬のシールを貼り、時間を計って深度を確かめる。それが試薬担当の仕事だ。

前回のハントでは、I野が担当していた役割だった。確かにそれなら、荒事はしなくて済む。

……いや、でもなあ。

前回の闇堕ちモブ、タダシの表情を思い出す。後味の悪い仕事だった。そんなことは最初から分かっていたけど、やっぱりそう思った。できればやりたくない。

だけど、「報酬」欄に目が行ってしまう。たっけえ。普通のモブ仕事の五倍以上。

闇堕ちハントの給料はすごく高いのだ。今の俺には、喉から手が出るほどに欲しい金額。

……試薬。試薬シールを貼るだけ。

しばらくためらった後、俺は「この仕事を受ける」欄にチェックを入れた。


「ずああ……」

我ながら、変な呻き声。目が覚めてしまった。朝が来てしまった。

闇堕ちハントの日の朝は、いつも憂鬱だ。

ああ、行きたくねえ。確かにこの仕事を受けると決めたのは自分なんだけどさ。毎回、その時の自分の決断を恨む。

いや、分かってるよ。この仕事の報酬はでかい。この金があるとないとじゃ、これからの生活が全然違う。せっかく森井さんが回してくれたコスパのいい仕事だ。断る手なんてない。それは分かってるんだ。

でもさ。同じ金額なら普通のモブ仕事をこつこつと五回やったっていいんじゃねえか……？　ねえ。無理に闇堕ちハントなんかしなくたってさ。

今からでも遅くないから、森井さんに連絡して、朝起きたら熱が三十九度あるとかって言うんだ。そうすればさすがに森井さんも来いとは言わないだろう。片腕が折れてて熱が三十九度あるやつとか、マジで使い道なんかねえんだから。

闇堕ちハントなんていう重要な仕事に穴を開けちまったら、次から回してもらう仕事が減るかもしれない。そういう心配はある。でももしかしたら、別に減らないかもしれない。それはさ、蓋を開けてみなきゃ分からないじゃん。

それよりも今、はっきりと分かってるのは、俺がこのまま仕事に行ったら絶対に後味の悪い思いをするってことだ。

連れて行かれるときのタダシの歪んだ顔がまた思い出される。ああ、休もうかな。ほんとに。

そんなことをぐじぐじと考えながらも、身体は勝手に朝のルーチンを片付けていく。シャツを着替えて、髪を濡らして、髭を剃って。

左腕だけでこういう作業をこなすのに、最初はえらく手間取ったが、人間ってあっという間に慣れるんだな。昨日よりも今日。今日よりも明日。いや、こんなことで成長を実感したってしょうがないんだけどさ。

俺は片腕の作業にどんどん精通し、おかげさまで今日も無意識のうちにてきぱきと俺（モブ）が出来上がっていく。

……本当は分かってるんだ。

鏡の中の少し疲れた顔のモブと目が合う。そうさ。結局のところ、俺には仕事をばっくれる度胸なんかない。いやだいやだって思いながら、俺はこれからカネのために闇堕ちハントをする。森井さんの手足になって、闇堕ち試薬のシールを貼るんだ。

だって、カネがいいんだぜ？　カネのある連中にとっては、はした金に過ぎないだろうけど、今の俺にとっては喉から手が出るほどほしい金額だ。主義も主張もなく、カネのために嫌な仕事をこなす。そんなところまでモブらしく小市民的なのだ。

認めろ。俺はモブだ。

そんな自分への呼びかけも、一種の暗示のようなものか。家を出る頃には、俺はもうどこからどう見ても何の変哲もない立派なモブの顔をしていた。

大きなオフィスビル。普段の俺には、とんと縁のない建物だ。

豪華なエレベーターホールに、軽やかな音を立てて何台ものエレベーターが到着し、そのたびにきちっとした身なりの男女が乗ったり降りたりする。

用もなく来る場所じゃない。誰も彼も行く場所がはっきりしているようで、よそ見もせずに慣れた足取りでエレベーターに乗り込んでいく。そのホールの隅っこに俺たちは所在なく突っ立っていた。

現実着(げんじつぎ)。闇堕ちハントの通常装備であるこのくすんだ灰色の作業着が、今はひどく場違いな感じだった。

このビルで働く人たちは、出入りの業者か何かを見るような目で俺たちを見る。今日は何かのメンテナンスでもあるんだろう、くらいの感じだ。俺たちが気まずく思うほどには、気にも留めていない。

まあ出入りの業者という意味では間違っていないのかもしれない。今日はこのビルを舞台にした物語世界で仕事をすることになるんだろうから。

……それにしても、森井さん遅いな。

俺たちは手持ち無沙汰で、森井さんの到着を待った。

前回のメンバーは全員男だったが、今回は男と女が半々だ。男は俺ともう一人、いかにもモブらしい顔をした年上のおっさん。明日にはもう顔を忘れてそうな特徴のない顔をしている。

「あんたとは二度目だな」

突然おっさんにそう声を掛けられた。

「は？」

「この前のハント、あんたもいただろ」

そう言われて、このおっさんがどうやら前回のタダシのハントの時にいたおっさんのようだということにやっと気づく。まじか。名前は確か。

「ああ、ええっと、H川さんでしたっけ」

「そうだよ。あんたはB介っていったか」

「はい」

正解だった。前回の、なんだかやたらとハントに慣れた感じだったおっさんだ。そういえば前回も、このおっさん特徴がなさ過ぎて次に会っても絶対に分かんねえって思ったんだった。

まさにその通り。分かんなかった。モブ顔を極めたみたいなおっさんだぜ、ほんとに。

おっさんはじろりと俺のギプスを見た。

「腕、どうしたんだ」

「ああ、これはちょっと」

俺はいつものように答える。

「子供を助けようとして三階から落ちました」

へっ、とH川が笑った。

「そりゃ大変だったな」

信じていないやつの口ぶりだった。まあ、おっさんの気持ちは分かる。骨折してからこっち、いろんなやつにその腕はどうした、と聞かれてきたけど、俺の答えをそのまま信じてくれたやつは誰もいなかった。

子供を助けようとして、名誉の負傷。

なんだ、そりゃ。これほどモブにふさわしくない怪我の理由があるだろうか。俺だってD郎あたりが怪我してて、その理由を聞いたら「命懸けで子供を助けたんだよ」なんて言われた日にゃ、半笑いで「あ、そっすかw」って答えるもんな。

だからまあいいんだ。怪我の理由なんて大したことじゃない。俺と梨夏ちゃんとA太が知ってる。それだけで十分だ。

今日のメンバーは、H川のおっさんのほかに女が二人いた。H川と同じくらいの年のおばさんと、俺より少し年下くらいの女の子。どっちも俺たち同様のモブ顔だ。美人でもないし、ブスでもない。取り立てて目を引くもののない二人。だけど今まで、闇堕ちハントのメンバーに女性がいたことはなかった。

「珍しいっすね」

俺はH川に言った。

「女の人が闇堕ちハントに来るだなんて」

「え？」

H川は眉をひそめる。

「だってそりゃあ」

おっさんがそう言いかけたとき、森井さんがやってきた。

「お待たせ。鍵を借りるのにちょっと時間がかかってね」

いつも通りの淡々とした口調でそう言うと、森井さんは俺たち四人を見て頷く。

「全員揃ってるね。じゃあ行こうか」

森井さんは次に開いたエレベーターの中にさっさと乗り込む。俺たちも慌てて森井さんの後に続いた。森井さんが「20」のボタンを押す。

二十階か。俺はエレベーターの壁をぐるりと見たが、普段よく行く雑居ビルのように何階に何が入っているなんて案内表示はなかった。

そうこうしているうちにあっという間に二十階に着いて、俺たちはエレベーターから吐き出された。

「こっちだよ」

森井さんはフロアの廊下をずんずんと歩き、「第三会議室」と書かれた部屋のドアを鍵で開けた。小さめの会議室だった。俺たち大人五人でちょうどいいくらいの広さだ。

なんとなく、会議室っていうのはもっと大きいイメージがあった。俺は会議室で会議をするような仕事に就いたことがないから、勝手なイメージを持ってるだけだけど。

「ここで時間まで待機させてもらうから」

森井さんは言った。どうやら、会社のほうでこの会議室を押さえていたらしい。さすがに森井さんはそのあたり、寺井君とは違って手抜かりがない。

「あと三十分くらいあるから、その間に今回の説明をしておくよ」

森井さんはそう言って、椅子の一つに腰を下ろす。

「みんなも座って」

言われるままに、俺たちも椅子に座る。

うわ、すげえふかふかしてる。こんな気持ちいい椅子に座って会議なんてできるのかよ。

俺、すぐに眠くなっちまうぜ。そんな浮ついた考えは、森井さんの次の一言ですぐに消えた。

「メンバーを見てもらえばわかると思うけど、今回の対象者は女性だ」

……え？

「え？」

思わず声に出てしまった。聞こえなかったと思ったらしく、森井さんがもう一度言う。

「今回の対象者は女性だよ」

え？　女性？　女を狩るの？

思わずほかのメンバーの顔を見まわすと、胡乱な目付きのＨ川と目が合った。驚いているのは、俺一人だった。Ｈ川のおっさんだけじゃなく、女性二人も当然の顔をしている。当たり前でしょ、私たちがいるんだから。そういう表情だ。

そうか、そういうことなのか。俺もやっと理解した。闇堕ちハントのメンバーに女性がいる時ってのは、対象者も女性の時なのか。

確かに俺が今まで参加してきたハントの対象者は男だけだった。だから無意識で、闇堕ちの対象者は男だっていう先入観があったみたいだ。

まあ、それはいい。闇堕ちハントについて大して経験のない俺だけが驚いている、なんてことは。だって、こんな仕事にこれ以上詳しくなんてなりたくねえからな。だけど、それにしたってさ。内心、ため息をつく。

……女かよ。

ただでさえ後味の悪い仕事だってのに。俺はこれから女の額に試薬のシールを貼るのかよ。ますます気が滅入ってくるのを感じる。

「対象者はこれからこのフロアに現れる予定だ」

俺の気持ちなどお構いなしに、森井さんは淡々と説明を続ける。

「彼女の仲間内での通称は、アイビー」

「えっ」

また声を出してしまった。その場の全員が俺の方を見る。

「なんだい、B介君」

「あ、ええと」

ほかのメンバーの冷たい視線に晒されてとっさに、何でもないです、と言おうとしたが、どうしても確かめたい気持ちの方が勝った。

「アイビー、ですか」

そう尋ねる。喉におかしなものが詰まったような感じがしてうまく喋れなかった。

「そうだよ」

俺は多分かなり困惑した表情を浮かべていたんだと思う。森井さんは微かに眉をひそめて頷いた。

「彼女はアイビーと呼ばれている」

アイビー。アイビーだって。まさか。

「知り合いかい」

森井さんが感情に乏しい目で俺を見る。俺の脳裏に浮かんでいる、知り合いの女の顔。アイビーって、あのアイビーか。いや、ただ同じ呼ばれ方をしてるだけの別人ってことだってあるかもしれねえ。

「俺の同期でそういう名前のやつがいて。まさかそいつなのかなって」

「ああ」

納得した様子の森井さんが懐から取り出した資料にちらりと目を走らせ、頷く。

「そういうことか。確かにB介君と同じタイミングでうちの会社に入ってるね、彼女は」

「……ああ」

思わず目を閉じる。違っててくれりゃよかったのに。

「そうですか」

やっぱりか。やっぱりあのアイビーなのか。

「確認不足だったな。すまない」

森井さんは相変わらず感情の見えない口調で、軽く頭を下げた。

「そうであればこの仕事を頼むべきじゃなかった。知り合いのハントは精神衛生上良くないからな」

「仕方ないことでしょ」

冷淡な顔で口を挟んできたのはH川のおっさんだ。

「うちみたいな零細でハントをやってりゃ、いずれは知り合いにぶち当たる。それが早いか遅いかの違いだけなんだから」

まるで、そんなことをいちいち気にしてられるか、とでも言いたげな口調だった。

「H川さんの言うことも一理あるがね」

そうは言ったものの、森井さんの表情は別にH川に同意しているというわけでもなさそうだった。かといって、俺に同情している風でもない。きわめて事務的な表情。

「会社としては、こういうケースを仕方ないで済ませてはいけないということは分かっているんだが」

そう言って、森井さんは俺を見た。

「だけど、うちに人手が足りないことも確かなんだ。これから別の人間を探す時間はない。B介君、申し訳ないが」

「大丈夫です」

俺は皆まで聞かず、そう答えた。

「仕事ですから。やりますよ」

「そうか。ありがとう」

ほっとした風でも、感謝してくれた風でもなく。ただ、事務的な確認の後に続いた一応の「ありがとう」。

森井さんは普段から感情の見えづらい人だが、闇堕ちハントの時は特にそうだ。まるで闇堕ちモブを狩るための機械みたいに見えることもある。いずれにせよ、森井さんはその一言で俺との会話を打ち切った。

「では、説明を続けよう」

そう言って、資料に目を落とす。

……アイビー。

アイビーは俺の同期の女だ。歳もそんなに変わらなかった。

仲が良かった。男と女の仲を疑われるほどじゃなかったが、それでも一時期は頻繁に行動を共にしていた。一番最初は、モブの初任者研修を受けたときだった。俺の隣の席がアイビーだった。

それから、顔を合わせれば喋ったし、飯も一緒に食った。本格的に仕事が始まってからもしばらくは、ちょくちょく行く安い居酒屋で仕事の愚痴を言い合った。

明るくていいやつだった。お互いに仕事に慣れ始めて、そんなに傷を舐め合う必要がなくなってからは、会う機会は減っていったけど。

あいつに最後に会ったのはいつだろう。それでも、少なくとも闇堕ちなんてするタイプじゃなかった。だって、あいつは自分のモブとしての仕事に誇りを持っていた。

「アイビーは、主人公やヒーロー、ヒロインといった主要キャラの容姿をうっとりと称賛する称賛系モブの役目を主に務めてきた」

森井さんが言った。

そうだ。よく知ってる。

『あたし、きれいなものが大好きなんだ』

アイビーの声が蘇る。

安いハイボール。メンソールのタバコ。酒が入ると、あいつはいつも言ってた。

『きれいなものを見るために生きてるって言っても過言じゃない』

酔いが回ると同じことを馬鹿の一つ覚えみたいに繰り返してた。そう。あいつはこの仕事を愛してたんだ。これしかやる仕事がないから始めた俺なんかよりも、よっぽど。

だから、じゃあお前にとってこの仕事は天職じゃん、と俺が言うと、あいつは満面の笑みで頷いたものだ。

『うん。かっこいいもの、素敵なもの、きれいなもの。全部、この目に焼き付けて、それに心からの称賛を送るの。そうすることで、その美しさがさらに際立つの。私が美しさを作る手伝いをしてるんだよ。そんな最高のことってある？』

分かんねえ。俺には分かんねえけど、でもお前には最高なんだろうな。

美を愛する女。だから、アイビー。それが、あいつの呼び名の由来だ。

「だが、ここ最近の彼女はモブにあるまじき華美な外見で、たびたび作者からの苦情を受けていた。こちらからも幾度となく注意はしていたのだが」

森井さんは淡々と続けた。

「ついに、彼女は称賛することをやめてしまった。代わりに、称賛すべき相手の欠点をあげつらい始めた」

……嘘だろ。

思わず絶句した俺の方をちらりと見て、森井さんは続けた。

「自分の中の美の基準にあてはまらないものは、称賛できない。それは、美への冒瀆になってしまうから。彼女はそう言った」

美への冒瀆。

あんなに嬉しそうに、無邪気に、美を称賛することへの喜びを語っていたアイビー。きれいなものを見るのが好きだと、いつも言っていた。だけど、あれは良くてこれはだめだ、みたいな批評家ぶったことを言ったことはなかったはずだ。少なくとも、俺の前でそんなことを言ったことはない。

俺の記憶の中のアイビーと、森井さんの語るアイビーとが俺にはすぐには結びつかなかった。

「そうであれば、もうモブの仕事は辞めるべきだと私は言ったんだ」

森井さんが言う。

「自分を物語の枠の中にはめ込むことができなくなったのであれば、もうモブの仕事を続けることはできないと」

「物語への奉仕の気持ちよりも自分の中のこだわりの方が大きくなっちまったら、もうおしまいだな。森井さんの言う通り、モブの仕事はできねえ」

H川のおっさんが言い、若い女がそれに同意するように頷いた。

「美への冒瀆とか、何様なんだろ。きれいでもない女に限って、ほかの女の外見にやけに厳しかったりするんだよね」

「まだ若いんでしょ、そのアイビーって子は」

中年の女の言葉に森井さんは頷く。

「ああ。二十代前半だね」

やっぱりねえ、と女は微笑む。

「だから、まだそこに諦めがつかないのかもね。私くらいの歳になるともう、きれいなものはきれいって、自分には関係ない別世界のものとして楽しんじゃえるけど。若い子にはその辺の割り切りが難しいのよね」

「若い子でくくらないでよ、K子さん」

若い方の女が不満そうに口を尖らせた。

「私もまだ若いけど、ちゃんと身の程を知ってるもん。主要キャラを上から目線で批評するなんて恥ずかしいこと、私は絶対にしないから」

「ああ、そうね。L香ちゃんごめんなさい」

K子と呼ばれたおばさんは若いL香にとりなすような笑顔を向ける。

「若い人の中でも、一部の子だけよね」

「そう。分かってないやつらだけ。そんなの、どこの世代にもいるでしょ？」

こいつらの言うことの是非はさておき、自分の知り合いがこうやってこき下ろされるのは、聞いていてあまり気分のいいものじゃない。

「それで？」

だから、俺は森井さんに先を促した。

「それなのに、どうしてアイビーはここに？」

「いずれ辞めるとは思う、でも今はこの仕事を続けさせてほしい、とアイビーは言ったんだ。今後は二度とそういうことはしないと、真摯に誓いもした」

森井さんは答える。

「だから、厳重に注意した上で仕事は継続させていた。知っての通り、うちはいつでも人手が足りないからね」

その口調に、森井さんには珍しく微かに自虐的なニュアンスが滲んだ。

確かに、人的資源の潤沢な大手だったら、アイビーはズレたことを言い出した段階でさっさとクビを切られていたかもしれない。

だが、モビーは零細企業だ。人はなかなか集まらないし、入れ替わりも激しい。闇堕ちまではいかなくても問題があって大手にいられなくなったようなやつが入ってきたりもする。

そんな中で、俺やアイビーのようにここで何年も堅実にモブをやってきた人材っていうのは、実は貴重なんだっていうことに、最近俺も薄々気付き始めていた。自分のことを「人材」なんて言うのもくすぐったいが、まあ、いれば会社にとって助かる人間、と言ってもいいかもしれない。

地味な仕事をきちっとこなして、会社の業績の底を支える人間。シフトにしろ実績にしろ、そういう計算に問題なく数として入れることのできる人間。まあだからといって別に待遇が良くなったりするわけでもないのが、零細企業の悲しいところだが。

意外に多くはないんだ。俺やA太みたいな、そういう人間って。だから、森井さんがアイビーをやめさせるのを躊躇った気持ちも分かる。

「自分でも誓った通り、今回のハントの舞台となる物語では、彼女は当初は普通に振る舞っていた。会社のイケメン上司やライバル企業の謎めいた美女について、その容姿や振る舞いを絶賛してきゃーきゃーとはしゃぐモブOLの一人として」

それはそうだろう。その程度の仕事、あいつにできないわけがない。作者自身さえ気付いてなかった主要キャラの魅力について短い言葉で的確に褒め称えて、その作者から感謝されたことだってあるくらいなんだ、アイビーは。

「だが、最近徐々に彼女の服装や化粧が派手になっていると連絡があった。おたくの会社のモブさんって何か妙な裏設定を勝手に付けてるんですか？　などと訊かれて、それでこちらも事態を把握したというわけだ」

「ふん」

Ｈ川のおっさんが鼻で笑う。

「最初のうちはおとなしくしていたが、結局は我慢しきれなくなったということか」

「前回の依頼時にうちの社員が目視で確認した結果、闇堕ちが確認された」

森井さんは資料をぱらりとめくった。

「外形観察による闇堕ち深度は1。ごく初期の闇堕ち状態ではあるが、早いうちに芽を摘んでおかないとどうなるか分からない。深度3や4の闇堕ち対象者だって、最初は1から始まっているわけだからね」

「深度1か」

早めのハント。それはもしかしたら、森井さん流の温情なのかもしれなかった。

Ｈ川のおっさんが呟いた。

「深度1は、実は一番見極めが難しいんだ。ちょっと生意気なだけの普通のモブとそんなに見た目の区別はつかないからな」

「そうなんですか？」

Ｌ香が目を瞬かせる。

りして」

「闇堕ちしてるんだから、やばいんじゃないですか？　口からぐわーっと黒い煙を吐いた
「何を想像してるんだ」

　H川は苦笑した。

「俺たちモブにゃ、そんな突拍子もない力はないよ」

「トッピョウシって何ですか？」

「ああ」

　おっさんはめんどくさそうに頭を掻く。

「何て言えばいいのかな」

「主要キャラたちみたいなすごい力はないって意味よ」

　K子さんがそう補足すると、L香は納得したように頷いた。

「ああ、そういうこと。そうですよねえ、何もないからモブなんだし」

「そういうことだ。まあ深度3や4にでもなりゃ話は別だが」

「深度1なら」

　俺は口を挟んだ。

「まだ間に合いますよね。きちんと漂白すれば、元のアイビーに戻れるかもしれない」

「おい、兄（あん）ちゃん」

Ｈ川が胡乱な目で俺を見る。

「変な期待は持たない方がいいぞ。俺に言わせりゃ闇堕ちしかけるって時点でもうアウトなんだ」

「分かってますよ」

俺はＨ川の方を見もせずに答える。

「可能性の話を聞いただけだ」

「もちろん元の彼女に戻れる可能性はある」

森井さんはそう答えてくれた。けれど、やはり次に続いた言葉は森井さんらしいものだった。

「だがもう手遅れの可能性もある。深度1とはいえ、闇堕ちというのはそういうことだからね」

「そうですよね」

俺が頷くと、森井さんは説明を再開した。

「今日はこの後、主人公のＯＬのところに関連企業の男性社員が訪ねてくることになっている。そこで、最近ちょっと主人公との関係がぎくしゃくし始めている上司と鉢合わせるという場面だ」

「主人公のＯＬさん、板挟みになっちゃうんですね」

L香が華やいだ声を上げる。

「たいへんだぁ」

「うん、二人のイケメンが、表面上は友好的な雰囲気を保ちながらも、主人公を巡ってバチバチと火花が散るような会話をするというのが、今話の見どころだ」

「きゅんきゅんしますね」

K子さんも微笑む。

「そういう場面、現実ではごめんだけどお話の中なら大好物」

「はん」

H川のおっさんがばかにしたように笑った。

「女ってのは、どうしてそんな話が好きなのかね」

「あら」

K子さんがじろりとH川を睨む。

「男の人だって、主人公が胸の大きい女の子に懐かれるお話ばかり読んでるじゃないですか」

「そ、それは」

仕方ないだろ、男はそういうのが好きなんだから、とか何とか、H川のおっさんは口の中でごにょごにょと言った。

「それなら女の人のこと言えないじゃないですかー」

L香が言い、K子さんと顔を見合わせて、ねえ、と頷き合う。

あーあ。やめときゃいいのに。俺はちょっと呆れて、H川のおっさんを横目で見た。しがないナンパモブの俺だって、そんなことを口にしたらこういう反撃が来ることくらい予想がつくぜ。そして、こういう話題は得てして男の方が分が悪いと相場が決まってるのだ。

孤立無援の憐れなおっさんは俺の方にちらちらと助けを求めるような視線を送って来るが、俺はきっぱりとガン無視した。

あんたのために火の中に手を突っ込む気はねえよ。

「その場面に、アイビーもやって来るはずだ」

淡々と説明を再開した森井さんに、H川のおっさんは救われた顔をした。わざとらしく、お前ら今は仕事中だぜ、みたいな顔を作る。いや、最初に余計なこと言い出したのあんただからな。

「アイビーが姿を見せた段階で、我々も現実着を着たままそのシーンに突入する。彼女におかしなことは喋らせない」

それは、タダシのときと同じだった。闇堕ちしたモブが物語を壊す前に、片を付ける。だけど。

「何もしなかった場合は、どうするんですか」

思わずそんなことを聞いてしまった。

「アイビーが、普通のモブとしての役割を果たした場合は」

森井さんの目がちらりと鋭くなった。

「あのな、そんなことは」

そう言いかけたH川を遮って、森井さんはきっぱりと言った。

「何かするんだよ」

冷たい声だった。

「必ず何かする。だから、闇堕ちなんだ」

だから、闇堕ち。……きっと、そうなのだろう。もはや本人の自制が利かなくなっている状態。するつもりがなくても何かやらかしてしまうほどの。

そこで後戻りできるなら、俺たちがこんな灰色の作業着を身にまとって待機する必要はないんだ。

「そうですよね」

俺が頷くと、森井さんは少し思案する顔をした。

「B介君、君は確保の時には離れていていいよ」

「え?」

「知り合いを確保するというのは心理的な負担が大きいし、対象者も知り合いの顔を目にしたら予想外の行動に出る可能性がある」

森井さんは、懐から試薬シールの入った茶封筒を取り出すと、俺に差し出した。

「完全に確保できた後の、試薬検査の時にだけ近付いてきてくれればいいから」

「……はい」

俺が封筒を受け取ると、H川のおっさんが鼻を鳴らした。

「まあどうせその腕じゃ、確保の時の戦力にはならねえからな。後ろで見てな」

「すんません」

おっさんの物言いは気に食わないが、実際その通りだ。できれば後ろからさっと近付いて、アイビーに気付かれないように済ませてしまいたい。さすがにそれは無理か。

それから、森井さんはオフィスの配置とアイビーの入って来る位置、確保した後の検査場所などを細かく指示した。その頃には、もう時間は迫っていた。

「よし。じゃあ行こう」

森井さんを先頭に、くすんだ灰色の作業着チームが会議室を出る。俺はその最後尾についた。

広い廊下を歩き、現場となるオフィスの中に入ると同時に、物語の世界に入った感覚があった。

会議室よりもはるかに大きな部屋だった。テレビドラマの、大企業が出てくるシーンなんかで見かける、向こうまで見渡す限りのデスク。パソコンと電話が並べられたデスクの半分くらいは不在で、残り半分では社員たちが忙しなくキーボードを叩いたり電話をしたりしている。

社員たちの中には、顔を見たことのあるモブも一人二人いたが、俺たちがぞろぞろと入っていっても、誰もこっちを見たりはしない。現実着を着ている俺たちは、この物語には登場していないから、彼らは俺たちを認識しないのだ。

それにしても、みんな、すげえな。俺は感心する。いわゆるデスクワークというやつ。自分の会社の事務室でくらいしか見たことはないが、それとは規模がまるで違う。こんな大きなオフィスでたくさんの人間が一斉にやっていると、それだけで迫力がすごい。

いかにも頭脳労働って感じで、肉体労働専門の俺は、なんというか、気後れしてしまう。これぞ頭のいい奴らの職場っていう感じだ。この置いてけぼり感は、中学の時の数学の授業を彷彿とさせる。

嫌な劣等感が胸に蘇って来そうになって、俺は慌てて空咳を一つ。俺にはとてもこんなところで働くモブなんてできねえな。腰に手を当てて、心を落ち着ける。はあ、すげえ。

壁際のひときわ大きなデスクに、他の社員とは違いこちら向きに座るやたらときりっとしたハンサムな男がいる。電話で何やら難しいことをすらすらと話している。

英語？　英語かな？　いや、でもところどころは日本語だな。ん？　意味がほとんど理解できないんだが。

オーラから見て、どうもあれがこの物語のメインキャラの一人であるイケメン上司のようだ。椅子に座っているのではっきりとは分からないが、体形から見て多分かなりの高身長だ。デスクのプレートを見ると、課長と書かれている。

すげえ。まだあんなに若いのに、もう課長。年齢、俺とそんなに変わらないだろ。ええと、それじゃあ主人公のＯＬさんはどこにいるのかな。

俺がそんな風に、自分にはとんと縁のないオフィスを物珍しく見物しているときだった。

「来たぞ」

森井さんが鋭い声を発した。森井さんはオフィスの入り口から、睨むように廊下の先を見ていた。俺たちも廊下に顔を出す。

向こうからゆっくりと歩いてくるのは……

「えっ」

思わず声が出た。今日何度目かの、嘘だろ?だ。嘘だろ？　あれが、アイビーだって？すげえ厚化粧、とか、とんでもねえ派手なネイル、とか、パーティーにでも行くのかよってぃうきらびやかな服、とか、床に穴でも開きそうなピンヒール、とか、その女のそういうところももちろん十分インパクトはあったけど。だけどそれよりも、何よりも。

そもそも、顔が違う。俺の知ってるアイビーの顔じゃない。

顔なんて化粧でいくらでも化けるっていうことは知ってる。でも、そういうレベルじゃなくて。何と言えばいいんだろうか。

表情。形相。面容。とにかく、顔だ。俺の知ってるアイビーは、あんなにやばい顔はしてなかった。

他人の美貌を称賛するために必要な、無邪気さや謙虚さの欠片もない、ただ自意識だけがでっかく育っちまったみたいな顔。なんだかひどく邪悪な感じがした。

ハードも変わっちまったけど、ソフトが全然違う。まるで誰かに身体を乗っ取られてしまったかのような。とても俺の知っているアイビーと同一人物とは思えない。

「行こう」

森井さんはそう言うと、他の三人に目配せした。

「廊下でけりを付けたい」

もしもアイビーが何もしなかった場合は。さっきそんなことを口にしていた自分の甘さが恥ずかしかった。これが闇堕ちってことなんだよな。

アイビーの姿は、もはやどう考えてもモブじゃない。オフィスで働く一般的な女性という枠に、自分をはめようというつもりさえ全くないように見えた。こんな奴がオフィスに入ったら、絶対に物語をぶち壊すに決まってる。

K子さんとL香が、アイビーを囲むように回り込む。H川のおっさんが正面から近付いていく。おっさんはさすがだった。すうっと空気のようにアイビーに身体を寄せた。森井さんが最後にアイビーの前に立ちふさがる。

「それっ」

四方向から同時に、アイビーの身体を押さえる。アイビーは一瞬驚いたように目を見開いた。高いヒールのせいで、ぐらりとよろける。

左右からアイビーに身体を密着させて捕まえるのは二人の女性の役目だ。おっさんは正面から腕を掴む。その隙に森井さんがアイビーに現実着を巻きつける。

確保した。

「B介君」

森井さんが俺を振り返る。試薬の出番だ。離れたところで見守っていた俺は、小走りにそちらへ駆け寄った。その時だった。

「ダサいっ!!」

周囲の空気を抉るような、金切り声が響いた。オフィスの誰もその声に反応はしない。だが、凄まじい声量だった。思わず俺が足を止めそうになるくらい。

「ダサい、ダサい、ダサいっ!!」

声の主は、アイビーだった。真っ白くファンデーションを塗りたくった顔を、まるで般若のように歪めて、アイビーは叫んだ。

「こんなダサい服を私に着せようって言うの⁉」

は？　思わず目が点になった。だがアイビーは大真面目だった。

「ふざけないで、私を誰だと思っているの！」

その瞬間、アイビーの身体の中に何かとんでもない力が生まれたのを、俺も感じた。

「まさか」

森井さんが目を見開く。電流のようなものが走って、アイビーに巻きつけたはずの現実着が弾け飛んだ。

「きゃあああっ」

L香の悲鳴。アイビーの肩に、申し訳程度に灰色の切れ端が残っていた。まじかよ。

「深度1なんてものじゃない、これは」

森井さんの言葉は途中で途切れた。アイビーが身をよじると、それだけで周囲の空気が渦を巻いて、森井さんたち四人を吹き飛ばしたからだ。

「きゃあっ」

「ぐわっ」

悲鳴を上げて床に這うH川たちを、アイビーは恐ろしく冷たい目で見つめた。

「だっさい服のモブが、私の邪魔しないで」

俺にも、分かった。これは深度1なんてもんじゃない。深度2だったタダシも、比べものにならない。

「この深度は」

苦痛に顔を歪めた森井さんが呻く。

深度3。

アイビーは立ち尽くす俺に目もくれず、優雅な足取りでオフィスへと入っていった。

9. モブだからこそ……

深度3。

闇堕(やみお)ち深度の中でも災厄クラスの4を除けば、それは最悪の堕ち方を意味する。

モブは、物語の中で超越的な力を発揮することはできない。そもそも、モブというのはそういう存在だ。だが、闇堕ち深度が3にまで達してしまうと、そのモブは徐々に主要キャラ並みの特殊能力を発揮するようになる。

物語に絡みつき、自らも主要キャラ、あわよくば主人公にさえなってしまおうという、モブにあるまじき邪悪な意思が、モブには決して持ち得ないはずの力を発現させる。それが闇堕ちという現象の恐ろしいところだ。

アイビーは、今俺の目の前でまさにそんな力を発揮した。金切り声を上げて身をよじるだけで、大の男二人を含む四人の大人を吹き飛ばしてみせた。

おそらくこの程度で済んだのは、この物語がオフィスを舞台にした現実世界寄りの設定だからだ。もしも、これが火力の高い異世界ものだったら。考えただけで、ぞっとする。そのときは、俺も含めてどうなっていたか分からない。

そしてこの負傷は、物語の中の仮のものではないのだ。現実着を着た俺たちの怪我は、寄った。


そのまま現実の肉体を傷つける。

ピンヒールの足音高くアイビーがオフィスの中に姿を消すと、俺は森井さんたちに駆け寄った。

「大丈夫っすか」

「倉井(くらい)さんが見誤ったんだ」

森井さんは事前に確認に来た社員の名前を苛立たし気に呟くと、苦しそうに立ち上がる。

「想定外の事態だ。応援を呼ぶ」

そう言って、懐からスマホを取り出した。

「……森井だ。緊急事態発生、こっちの案件は深度3相当に変更」

森井さんが会社に連絡している間に、俺はおっさんと女性二人を助け起こす。

「くそ、とんでもねえ女だ」

おっさんは呻いた。

「こりゃあ久しぶりの大物だぞ」

「いたたたた」

「腰打っちゃった」

三人とも痛そうにはしているが、まだまだ元気なようだ。さすがモブは打たれ慣れてる。

「応援は呼んだが、いつになるか分からない」

会社との通話を終えた森井さんが、スマホを懐にしまいながらそう言った。確かにスマホから漏れ聞こえてきた通話の相手は寺井君だった。今頃盛大にテンパっていることだろう。応援はいつ来るのか。そもそも人数をかき集めることができるのか。寺井君が担当ではそれさえも怪しい。

「こっちはこっちで、できるだけのことをしよう」

そう言って、森井さんは懐から何かを取り出した。

……何だ、これ。

それは、蛍光イエローの野暮ったいデザインのリストバンドだった。高齢者が早朝に散歩するときなんかに、交通事故防止のために目立つように巻いてるバンドみたいな。俺の見たことのない代物だった。

「それ、使うんですか」

H川のおっさんがすぐに反応した。

「何年ぶりかな」

「念のため、持ってきておいてよかった」

森井さんはリストバンドを三人に一本ずつ渡し、自分でも一本を持つ。

「これ、何ですか」

L香が不思議そうにバンドを見つめて尋ねる。俺も知りたい。

「闇拘束バンド」

　森井さんは答えた。

「これを対象者の手首や足首に巻くんだ。それが難しければ、髪の毛に巻き付けたってい
い。とにかく対象者の身体に巻くことで、闇堕ちの力を抑えることができる器具だ。その
隙に、もう一度現実着を巻いて確保する」

　そんなアイテムがあるのか。すげえ。

「力仕事だな」

　H川のおっさんが言う。

「俺が対象者の注意を引き付けるから、あんたら二人で横からぱっと巻いてくれ」

　なかなかの男気ある発言。K子さんとL香が頷く。

　森井さんは床に落ちていた現実着を拾い上げた。

「弾き飛ばされたが、対象者の肩の辺りにまだ一部が残っている」

　そう言って、服の破れた部分を俺たちに示す。すげえパワー。こんな異常な闇堕ちの力
を目の当たりにするのは、初めてだ。だけど、現実着がまだぎりぎりアイビーの肩に巻か
れてるってことは。

「じゃあ、あの子の存在は、今この物語では認識されてないってことですね」

　俺の心を読んだかのようなK子さんの言葉に、森井さんは頷く。

「うん。だけど対象者がそのことに気付くのも時間の問題だろう」

自分が誰からも気付かれていない。そのことに、あれだけ自意識を歪に膨らませてしまったアイビーが気付かないはずがない。そうしたら必然、アイビーは自分の肩に残った現実着の切れ端にも気付くことになる。

アイビーだって長いことモブをやってる女だ。現実着の存在を知らないわけがない。

俺は自分の巻く安物の腕時計を見た。もうすぐ、関連企業のイケメン社員が来てしまう時間だ。そうしたら、物語の本編が本格的に動き出す。

その前にアイビーを確保しなければならない。あいつが何か決定的なことをして、この物語を壊してしまう前に。

「B介君。最悪の場合、試薬は省略して対象者の確保と搬送を優先する」

「はい」

どっからどう見てもアイビーは闇堕ちモブだ。いくら手続きとはいえ、試薬で確認なんてするまでもない。むしろ、省略してほしかった。

あんな状態のアイビーの額に、試薬シールなんて貼りたくなかった。怖いのが半分、悲しいのが半分だ。

「骨折が悪化してもまずいから、B介君は離れたところで見ていてくれ」

森井さんは俺のギプスを嵌めた腕を見てそう言うと、他の三人を振り返る。

「よし、仕切り直しだ」

森井さんを先頭に、廊下からオフィスの中を覗き込む。すぐにアイビーは見付かった。自席らしきデスクに座り、何やらパソコンのキーボードを叩いている。

仕事をしているつもりなんだろうか。オフィスで一人だけ、明らかに浮いた格好のアイビー。その肩にわずかに残る、現実着の切れ端。そのおかげで他の社員たちに彼女の存在は認識されていない。

動くなら、今だ。俺たちは静かにオフィスに足を踏み入れた。森井さんとH川のおっさんが、アイビーの左側から。K子さんとL香は、右側から。足音を忍ばせ、慎重に。

それに気付いているのかいないのか、アイビーはひたすらにキーボードを叩いている。かたかたかたかた、という軽快な小気味いい音。ブラインドタッチってやつだ。俺にはできない。俺はスマホのフリック入力専門だからな。

あいつ、あんなにできるようになったんだな。モブの仕事の幅を広げたいからって言って、アイビーがキーボードの練習をしていたことを、こんなときだっていうのに思い出す。

この変わり果てた女があの頃のアイビーと地続きの存在であることを感じて、何だか知らないが少し涙が滲んだ。

いや、そんなこと考えてる場合じゃねえぞ。真剣な表情で近付いていく森井さんたちに、俺も気持ちを切り替える。

アイビーはモニターから目を離さない。そこにするすると四人が近付いていく。

よし、いけ。K子さんとL香が十分に近付いたところで、反対側のH川のおっさんが声を掛けた。

「おい、アイビー」

だが、アイビーは顔を上げない。一心不乱にキーボードを叩いている。

「おい」

もう一度、H川が呼びかける。

「お前、アイビーっていうんだろ」

アイビーは答えない。H川が森井さんを振り返る。もうこのまま、リストバンドを巻いちまいますか。多分、そう尋ねている。

だけど、俺は気付いてしまった。アイビーのキーボードを叩く音が、どんどんでかくなってきている。かたかたと軽やかな音を立てていたはずなのに、今はばちばちと、まるで指を叩きつけるような音が響いている。

何だか、やばい予感がする。森井さんもそう感じたようだ。いけ、と目配せした。

H川が無言でアイビーの手首を摑んだ。同時に、反対側からも女性二人がアイビーの手首を摑む。三人が蛍光イエローの闇拘束バンドを巻きつけようとした。その瞬間だった。

ばしゃん、という落雷のような音が響いた。

オフィスの照明が全て落ち、パソコンのモニターも消える。オフィスは一瞬で真っ暗になった。その中で、二度、三度と稲妻のようなものが閃き、低いうめき声と人の倒れる音がした。

「えっ」

「何、停電？」

「やばくない？」

物語の登場人物たちが騒いでいる。それはそうだ。いくらアイビーのことを認識できなくても、オフィスが停電になれば気付かないわけがない。

幸いまだ昼間のこの時間に、停電したからといって完全な暗闇になることはなかった。照明が消えた瞬間は、暗闇に包まれたかのように感じたが、目が慣れると窓のブラインド越しにこぼれてくる光でオフィスの様子は見えた。

「うわ、まじかよ」

「最悪だ」

社員たちはみんなパソコンを覗き込んで、苦々しい顔をしている。バックアップがどうとかサーバーがどうとか、俺にはよく分からない言葉が飛び交っている。

「みんな、怪我はないか」

そう言ってデスクの間をきびきびと歩くのは、物語のメインキャラの一人、イケメン課長だ。

「課長こそ大丈夫ですか、大事な仕事のデータ……！」

そう言って駆けよった可憐なＯＬさん。すごい美人ってわけじゃないけど、性格良さそうな感じの。何というか、好感が持てるタイプ。

きっと彼女がこの物語の主人公だ。

「分からないが、まずはみんなの安全確認だ。小さな爆発のような音もしたし、漏電か何かかもしれない」

課長が答える。

まずいな。完全に、アイビーの行動が物語に影響を与えてしまっている。こんな停電の場面、作者さんが想定していたわけはない。今頃、何だこれはって頭を抱えてるんじゃないか。

薄暗がりの中で、アイビーがゆっくりと椅子から立ち上がった。その足元に、森井さんたち四人が倒れ伏していた。アイビーの手首には、リストバンドが巻かれて……いない。ばちん、と音がして、アイビーの肩に残っていた現実着の切れ端が飛び散った。アイビーがゆっくりと両腕を広げる。その身体に絡みつくみたいにして、電流が走る。ときどきアイビーの身体の上で蔓草（つるくさ）みたいな電気がぱちりぱちりと爆ぜた。

「え……？」

「なに、あれ」

現実着が完全に剝がされたことで、アイビーの姿が物語の登場人物たちからも認識されてしまった。彼らが啞然として見守る中、アイビーは暗いオフィスの中の唯一の光ででもあるかのように電流の蔓草で自らを輝かせ、妖艶に微笑んだ。

「光ってる」

ぽかんとした顔で、主人公のヒロインが言った。

「誰だろう、あの人」

「あんな子、うちの課にいたかな」

イケメン課長も戸惑った顔を見せている。物語上、課長は自分の部下であるアイビーのことを知っているはずなのだが、おそらくはアイビーが短時間ですっかり変貌を遂げてしまったことで気付いていないのだろう。

「……あなた」

アイビーがヒロインを指差した。

「安芸島晴香（あきしまはるか）さん」

「は、はい」

「なんでしょうか」

突然謎の女に名前を呼ばれたヒロインが返事をする。

「あなたね、顔の彫りが浅すぎるわ」

「えっ」

「いくら万人受けを狙ったヒロイン像って言っても、あなたのルックスは浅すぎる。それに合わせたかのように、あなたの行動も浅い。いいえ、幼いと言った方がいいかもしれない。とても社会人とは思えない稚拙な言動」

「えっ、えっ」

ヒロインが目を白黒させている。

当たり前だ。何を言われているのか、意味が分からないだろう。

「淡白なルックスに、ちぐはぐで幼稚な言動。そこに、私の認める美は無いの」

「君は、何を言ってるんだ」

ヒロインを庇うように課長が厳しい声を発した。さすが、メインキャラの一人。それだけで場がぴしっと引き締まるような迫力がある。

「不破課長」

だがアイビーは課長の声にもまるで怯まなかった。それどころか、その真っ赤な紅を引いた唇を挑発的に吊り上げて、課長を見た。

「あなたには翳が足りない」

アイビーは言った。

「な、なに」

「三十代後半から四十代だというのならともかく、あなたまだ三十前でしょう。その若さで異例の出世をしているからには、あなたはもう何人もの先輩や上司を跳び越えて、踏みつけにしてきたのよ。それなのに、あなたからはそういうことを平気でできる闇も狂気も感じない。そこにあるのは薄っぺらいデキる男像だけ。私の認める美はない」

「何を言ってるんだ」

ヒロイン同様、課長も何を言われているか分からないながらも、自分を否定されていることだけは伝わるのだろう、不愉快そうに眉を顰める。

「そもそも君は誰なんだ」

「私の基準において、あなたたちからは美を感じない」

アイビーの輝く身体の周りで、ばちばちと火花が散る。

「不合格よ」

その目が、狂気に輝く。それを見て、俺も気付いた。森井さんたちを吹っ飛ばしたあの力を、ヒロインたちにも放つつもりだ。まずい。そんなことはさせちゃいけない。

俺は走った。後ろで見ておけ、なんて言われたことはとうに頭から吹っ飛んでいた。物語を守る。それは、モブとしての本能のようなものだった。

俺はデスクを跳び越えて、倒れているおっさんの手からバンドをひったくる。机から落ちたパソコンや倒れた椅子が、派手な音を立てた。

「アイビー！」

もうアイビーは、その狂気に満ちた力をヒロインたちに放つ寸前だった。現実世界準拠の世界であんな非現実的な攻撃を食らったら、下手すればヒロインたちの命まで……。

「やめろ！」

現実着を着ている俺の存在は、物語の登場人物には感知されない。だけど、もはやメインキャラとモブの垣根を跳び越えてしまったアイビーには、俺が見えていた。

「また醜いモブが一人」

振り払うように腕を振る。その途端、全身に電気が走ったみたいになって、俺の身体は硬直した。

「ぐぎっ」

「モブが、私の邪魔しないで」

冷たいアイビーの声。その通り、俺はモブだ。だけどな。

「モブだから邪魔するんだろうが！」

闇堕ちしたモブを止められるのは、モブだけだ。

突っ込んでくる俺を見て、まだ動けることにアイビーは少しだけ意外そうな顔をした。

舐めるんじゃねえ。俺たちモブが、何度痛い目に遭ってると思ってんだ。

それだけじゃねえ。俺はな。現実でも死にかけてきてんだよ！

骨折ヤカラモブの全身全霊を込めた体当たりで、アイビーはオフィスの床に倒れ込んだ。

俺はその上に馬乗りになる。

「目え覚ませ、アイビー」

「この薄汚いモブのゴミが」

アイビーの身体の中で狂気が膨れ上がるのが分かった。

「私の身体に触ったな、何の個性も信念もないモブの分際で」

何と言われようが、俺は気にしなかった。罵詈雑言には慣れてる。俺は罵られ、殴られることで、読者をスカッとさせてきた底辺のナンパモブ。それを仕事にしてきた人間だ。

何の個性も信念もない。それで結構。俺たちモブは、そうやって物語を支えるんだ。お前の言葉くらいじゃ揺るがない。

「離せ！」

アイビーの絶叫。それとともに、また蔓草（アイビー）のように電気が走った。俺の身体を激痛が走り抜ける。折れた腕が根元からもげたんじゃないかと錯覚するほどの激痛。

「いってえええ！」

いってえけど！　全治三十分！

俺は自分に言い聞かせた。現実着を着ている俺の痛みは、正真正銘本物のダメージだったが、俺は全力で自分を騙した。

「全治三十分‼」

そう叫んで、アイビーの手首にバンドを叩きつける。バンドは闇堕ちの力に反応するかのように、しゅるっと手首に絡みついた。

「離せええ‼」

アイビーが叫んだ。細身のアイビーが俺の身体をはねのける。俺はマネキンみたいに飛んで、床に叩きつけられた。

「うぐっ……」

もう声も出ない。

アイビーの人間離れした、どこにそんな力があったのか、というほどの力。バンド一本じゃ足りねえのか。俺は手探りで、床から誰かが落としたバンドを拾い上げる。それならもう一本だ。

「美しくないっ！」

立ち上がったアイビーが、鬼のような形相で叫んだ。

「どいつもこいつも、ちっとも美しくないのよ！　中途半端で、画一的で、そこにまるで信念がない、そんなもの主人公の皮をかぶったモブじゃないの！　私が称賛する価値もない！」

違う。それだけは俺にだって分かった。

アイビー、俺たちは知ってるはずだ。物語の粗を見付けて否定することが、物語を紡ぐことに比べてどんなに簡単なことか。

そして物語や作者を見下せばまるで自分が何者かになれたような気分になるけど、本当は何者になったわけでもないってことも。

だから、お前は。だからお前は言ったんだろうが。

「どんなに美しくなく見えたって！」

俺は叫び返していた。

「そっから美しさを見付けるのが、お前だっただろうが!!」

美しさに絶対的な基準なんてない。だから、美しさって実はどこにだって隠れているんだよ。私が美しいと思ったものを、美しくないと否定することは誰にもできない。

俺にそう話してくれたのは！　お前だぞアイビー！　俺は左手に持ったバンドをかざすようにして突っ込んだ。

「モブが、知ったようなこと言うんじゃないわよ！」

「モブだからこそ知ってんだよ!!」

アイビーが発した電気が、まるでツタのように周囲に伸びるのが見えた。周囲のパソコンから爆発が起き、黒い煙が上がる。

「きゃああ！」

「うわっ！」

オフィスに悲鳴が溢れる。

「アイビー！」

全身を突き抜ける痛み。それでも俺は歯を食いしばった。そのまま突っ込んでいく。ぶっ倒れたっていい。アイビーにこのバンドさえ届けば。

止まれ、アイビー！　止まってくれ!!

俺の必死の形相を見たアイビーが、ふと目を細めた。その瞬間、電気が弱くなった、気がした。

届いた。俺の突き出したバンドが、アイビーのもう片方の手首に。

巻き付いた、と見えた瞬間、アイビーの力が弱まった。

「……B介」

微かに嗄れた、その声。俺の知ってるアイビーの声。厚化粧の奥の目が、悲しそうに俺を見ていた。

「あたし」

「アイビー」

「あのね、あたし」

「確保ぉっ！」

その声とともに、灰色の何かが俺とアイビーの間に割って入った。現実着が、アイビーの頭から被せられていた。

「この女、とんでもねえ真似しやがって」

H川のおっさんが喘ぎながら言った。

「兄ちゃん、お手柄だ」

俺は答えなかった。アイビーの潤んだ瞳は、被せられた現実着に隠されて、もう見えなかった。

現実着をかぶせられた後のアイビーは、憑き物が落ちたかのように大人しかった。俺が巻いた二本のバンドのほかに、さらに厳重にもう二本のバンドを巻かれたが、そうする必要もないくらいにうなだれていた。

「とんでもない漏電だったたな」

照明の復旧したオフィスで、イケメンの不破課長が言った。

「爆発の時に、何かおかしなものが見えた気もしたぞ」

「すみません、私の開発してた3Dホログラムが衝撃で起動しちゃいました」

社員モブの女性がぺろりと舌を出す。

「内緒で開発してたのに」

「ちょっとキャラクターのデザインに難があったけど、あの技術はすごいよ」

課長に褒められて、女性社員は嬉しそうに頬を染める。

そんな風にして、物語の軌道修正が行われていく。正直、かなり無理があるし、うちの会社は後で作者さんからめちゃくちゃ苦情を言われるだろう。だけど。

「やあ、大変みたいですね、不破さん」

そう言いながら颯爽と入ってきた、ちょっと癖のある感じのイケメン。もしかして彼が、例の関連企業の。

「遠山（とおやま）さん」

ヒロインの安芸島さんが目を見張る。

「いらっしゃってたんですね」

「今来たところですよ、安芸島さん」

関連企業社員の遠山君は、安芸島さんに向かってにこりと爽やかな笑みを浮かべた。

「データの復旧ですよね。不破さん、僕もお手伝いしましょうか？」

「ふん」

不破課長が不機嫌そうに鼻を鳴らす。

「君が手伝うだって？　安芸島君の前だからっていいところを見せようとしているんだろ

う」

「いけませんか？」

「そういうところが気に食わないんだ、君は」

「ずっと一緒にいる不破さんと違って、他社の僕にはアピールチャンスが少ないんですから。これくらいのアピールはさせてくださいよ」

ヒロインに聞こえないように、二人はひそひそと囁き合う。やがて、課長が諦めたように笑った。

「まあいい。久しぶりに、君とコンビを組むのも悪くない」

「昔を思い出しますね」

そう言いながら、遠山君がワイシャツの袖を捲る。

「やっちゃいましょうか」

「ああ」

これから二人が何をどうするのかはさっぱり分からないが、二人で協力して、アイビーの壊したパソコンのデータか何かを復旧するらしい。イケメン二人が並んで作業する姿は、実に絵になる。

急遽シナリオを変更したんだろうが、これもそんなに悪くない場面だと思う。作者さんはさすがだな。

その頃には、森井さんが呼んだ応援も駆けつけてきていた。アイビーの電撃みたいなのを何度も食らった俺はまだあまり身体に力が入らなくて、闇堕ち試薬の検査もその人たちにお願いすることになった。額にシールを貼られたアイビーは、もう目を閉じて何も言わなかった。

「深度3」

とっくに分かっていたことを改めて確認した後で、H川のおっさんたちがアイビーの身体を担ぎ上げる。K子さんやL香も、まだ少し痛そうにしていたが、その作業に加わる。

「B介君は、もうこっちから上がってくれていいよ」

振り返った森井さんが、俺にそう言ってくれた。

「ありがとう、君がいてくれて助かったよ」

「ああ、いえ」

そう言った後で、俺は無理やり身体を動かした。

「すみません、森井さん」

俺は這うようにして、アイビーに近付いた。

「最後に一言だけ、いいですか」

もう搬送されていってしまう。ということは、これがアイビーとの最後の別れになるかもしれなかった。というより、その可能性は限りなく高かった。だから、少しでも会話が成り立つなら話しておきたかった。

「バンドの効力が効いている今なら、少しは会話になるだろう」

　森井さんは言った。

「あまり時間は取れないよ」

「ありがとうございます」

　それで構わない。アイビーを連行しようとしていたH川のおっさんは面倒そうに顔をしかめたが、それでも足を止めてくれた。

「アイビー」

　俺が呼びかけると、アイビーはうっすらと目を開けた。

「B介」

　アイビーは微かに笑ったように見えた。

「ごめんね」

　聞き慣れた嗄れ声だった。

「止めてくれてありがとう」

「俺こそ、気付かなくてごめんな。お前がそんなにも悩んでたなんて」

　もっと前に、アイビーと連絡を取って話を聞いてやっていれば、こんなことにはなっていなかったかもしれない。だけどアイビーは首を振った。

「あたしの欲求はきっと、こういう風にでもならなきゃ止められなかった。モブ仲間のみんなに相談したところで、あたしはみんなとは違うんだって、多分そう思っただけだったよ」

「でもよ」

でも。未練がましくそう言ってしまう。でも、何かできたことがあるはずだ。人生には、絶対なんてことはねえんだから。

「相変わらず優しいね、B介は」

アイビーは笑顔のままで言った。

「そんなんでちゃんとナンパモブの仕事やれてんの？　女の子に振られるたびにめそめそ泣いてるんじゃないの？」

「うるせぇな、ほっとけよ」

思わず俺も笑顔になる。それはまるで、昔のままの俺たちのやり取りだった。

「ある作品に出たときね」

アイビーはぽつりと言った。

「私が誉めたところが作者さんには気に入らなかったみたいで、後でクレームが入ったの。誉めてほしかったのはそこじゃないって」

そのときの苦い記憶を思い出したのか、アイビーは少し顔を曇らせる。

「私だってモブだからその時はすみませんでしたって謝ったけど、心の中でちっちゃな違和感がずっと消えなかった。意図したところじゃなかったかもしれないけど、私が誉めたところだって、魅力的だったのにって。そんな思いが少しずつ積もって、それである日ね」

アイビーは微笑んだ。

「出会った人に言われたんだ。君には、美を裁く資格があるって」

「え？」

「その人の言葉を聞いたら、そうか、私が裁いてもいいのかって、そう思えたの。作者も読者も登場人物たちも、本当の美に気付いていない。だったら、私が教育してあげなきゃって。……そこからかな、自分でも分かるくらい、どんどんおかしくなっていったのは」

「アイビー。それって」

「あのね、B介」

そう言って俺を見たその顔は、もうすっかり俺の知ってるアイビーの顔だった。崩れた化粧なんかじゃ隠せないくらいに、昔の純粋なアイビーのままだった。俺はその顔を、きれいだと思った。

「最後に私を止めてくれたときのあんたの顔」

アイビーはそれを思い出すように、目を細めた。

「きれいだった。すごく」

「え」

「今まで見たどの物語の主人公よりも、かっこよかった」

それだけ言うと、アイビーは何も言えなくなった俺にゆっくりと背を向けた。森井さんたちに連れられて、アイビーが去っていく。

「アイビー！」

お前だってきれいだった。また戻って来いよ。そう言おうとしたが、言葉が続かなかった。戻ってこられるわけがないことくらい、俺にだって分かっていた。そしてアイビーも、もう振り返ってはくれなかった。


スマホが震えていた。

何事もなかったように、業務が再開したオフィス。不破課長たちの席の方で歓声が上がった。復旧がうまくいったんだろうか。いずれにせよ、もう俺には関係がない話だ。

俺は現実着のポケットからスマホを取り出す。メールではなく電話の着信だった。

そこに表示されていた名前は。

「……もしもし」

「わあ、つながった！」

華やかな声が、電話の向こうで弾けた。

「さつきさんですか？」

「ああ、そうだよ」

俺は答える。

「久しぶりだね、梨夏ちゃん」

「はい。ごめんなさい、何度か電話したんですけど、繋がらなくって」

「俺も掛けたよ。こっちからも繋がらなかった」

「そうですよね。おかしいなあ……」

梨夏ちゃんのもどかしそうな声。きっと可愛い顔で眉間にしわでも寄せてるに違いない。

「あ、そんなことよりもですね。ほら、前に約束した退院祝いなんですけど」

「ああ」

確かに、そんな約束をした。忘れてはいないけど、果たせるとも思っていなかった。

「覚えててくれたの」

「当たり前じゃないですか！」

そう言った後で、梨夏ちゃんの声は心配そうにくぐもる。

「あ、ちゃんと退院できました……よね？」

「ああ、おかげさまで。もう仕事してるよ」

「よかった！」

ほっとしたような声。本当に純粋に俺の退院を喜んでくれているんだろう。その明るい笑顔が目の前に浮かんでくるかのようだ。

「じゃあお祝いの食事しましょう！　電話が繋がってる今のうちに約束しちゃいましょう！」

「ああ、そうだね。そうしよう」

俺も努めて明るい声を出す。

「いつがいいかな」

「ええっと、私の方は、都合のいい日にちはですね……」

そこまで言って、梨夏ちゃんは不意に戸惑ったように声を潜めた。

「……さつきさん」

「ん？」

「もしかして今、泣いてるんですか？」

「え？　どうして？」

どうしてだろう。

どうして、君には分かるんだろうな。顔も見えないのにさ。

理由の分からない涙が、止まらなかった。乱暴に拭ってみたけど、涙はあとからあとから溢れて俺の頬を濡らす。

「泣いてなんかないよ」

「そう……ですか?」

「ああ」

そう。泣いてなんかいない。

俺たちモブは、物語に必要ない場面では、決して泣いたりはしないのさ。

ああ、梨夏ちゃん。俺は何だか今、無性に君に会いたいよ。

書き下ろし番外編　奇妙な条件付きの仕事依頼

それは、何だか妙に嫌な感じのする仕事だった。

俺たちに求められた仕事は、ヒロインをナンパして撃退されること。つまり、いつものナンパモブだ。

だから、それはいい。いいんだけど、スマホのアプリに表示されたその仕事の依頼には、おかしな条件が但し書きで付けられていたのだ。

何だ、これ。

俺の隣でA太がスマホの画面を睨んでいる。やっぱり眉間に皺を寄せて、俺と同じ表情だ。

「何だよ、これ。意味わかんねえぞ」

A太が唸るように言う。

「B介、今までにこういうの見たことあるか」

「いやあ、記憶にねえなあ」

「だよなあ」

どういう意味なのだろうか。

俺もA太も割とベテランのナンパモブだと思うのだが。そんな俺たちでも意味を摑みかねる、モブの派遣条件の但し書き。

そこには、こう書かれていた。

『絶叫系アトラクションが苦手ではないこと』

絶叫系アトラクション。

って、あれだよな。遊園地にあるジェットコースターとかフリーフォールとか、そういうやつ。

「……A太、お前ジェットコースターとか得意か？」

「まあ、人並み……お前は？」

「俺も、人並みかな」

「だよな」

確かめるまでもなかった。

そう。俺たちはモブなので、絶叫系アトラクションに乗っても声一つ上げずにけろっとしているような豪快さも、逆に苦手過ぎて失神してしまうような繊細さも持ち合わせてはいないのだ。

清く正しいモブは、そういうのが別に得意でも苦手でもないのだ。乗れば悲鳴くらいは上げるが、降りた後に立てなくなるようなこともない。つまりは、普通。ごく一般的な反応を示す人間なのだ。

「え、仕事の舞台ってどっかのテーマパーク……」

「じゃねえな」

「だな」

それがおかしいんだよな。

遊園地でのナンパだっていうんなら、まあ話は分かる。女子だけでキャッキャしてるグループに、へらへらと声を掛けるナンパ男二人組。

「いいじゃんいいじゃん、みんなで一緒に乗ろうよ」なんて下心全開で言いながら絶叫アトラクションに誘うんだけど、実はその女の子たちは絶叫系をこよなく愛するスピードジャンキーみたいなやつらで、逆にとんでもない絶叫系ばっかり散々連れまわされた挙句、「最低あと五回は乗るよ！」とか言われて、「もう勘弁してください！」「こいつら可愛い顔してどうかしてやがる！」とかなんとか言って逃げていく情けない役。

うん。そういうのなら、俺たちにぴったりだな。だけど、この仕事の場所は……。

女子高の校門前。

「いやー……」

俺たちは顔を見合わせて苦笑いする。

アトラクション云々は置いといても、ちょっと無理がありませんか。女子高の校門前でのナンパは。普通は通報されますって。

で、女子高の校門前と絶叫系アトラクションと、何の関係が？

「どうする、B介。やるか？　この仕事」

え、俺に聞く？

「どうすっかなー……」

もう一度、アプリに表示されてる基本情報を念入りに確認する。

「落命にチェックは入ってねえよな」

「ああ。そこはちゃんと確認したぜ」

A太はやけに自信たっぷりに即答した。

「俺、ついこの間消滅したばっかりだからさ。しばらくは死にたくねえんだよ」

あ、確かに。A太は仕事に復帰したばかりだから、また変な死に方して働けなくなると困るだろうな。

「ほら、担当者のとこ見てみろ。寺井君の持ってきた案件じゃねえから、チェック漏れってことはねえと思う」

ほんとだ、こいつよく見てんな。『担当：森井』って書いてある。森井さんならそういうミスはしないだろう。

「ほんとに死にたくねえんだな」

「当たり前だろ」

　とA太。

「あと、ただ死ぬだけならまだいいんだけどさ。消滅までいっちまうと、復活したときの造形がモブだからって適当になるんだよな」

「あー……」

　確かに。A太は前回の消滅から帰ってきたときに、うまくは言えないけどなんとなく顔が変わってたような気がする。

　どこがどう変わった、とは言えないのが俺たちモブの悲しいところだが、次にまた消滅とかしたら、もう全然違う顔になるかもしれない。まあそれでもどこがどう変わったかの説明はできないんだろうけど。

「ラクさんなんか、昔の写真見たらもはや完全に別人だったからな」

「ラクさんはなあ……あの人は特殊だから」

　ラクさんは俺たちナンパモブと同じ粗暴系モブの一人だが、落命手当のつく仕事ばかりを好んで受ける変わり者で、ほとんど毎回落命するもんだからついたあだ名がラクさんってわけだ。

　あまりに死に過ぎて癖になってるのか、死ななくてもいい仕事でまで場面の隅っこでこっそり死んでたりする。もちろんそういうときは手当の出ない単なる犬死になのだが。

「まあ、さすがに女子高の校門前でナンパ野郎が死ぬことはないと思うぜ？」

「だよな」

たとえばミステリーだったらそんな謎のシチュエーションもありかもしれないが、そうなると俺たちは殺人事件の被害者になるわけで、重要人物ということになっちまう。それはモブの範疇を超えるから、俺たちの仕事じゃない。

そんなことを考えて、これは落命はしなそうだと結論付ける。だけど、なぜかひしひしと嫌な予感がする。この物語、きな臭いぞ、と俺の中のちっこいモブが警鐘を鳴らしてくる。

ナンパの仕事なら他にもあるし、こんな得体の知れない仕事を無理に受ける必要はないのかもしれない。

でもなあ……。

俺はケツのポケットに刺さってる財布を叩く。薄い。

カネ、ねえからなぁ……。

梨夏ちゃんとのデートで散財したときのダメージがまだ回復しきっていない。ぶっちゃけ、一つでも多く仕事を受けておきたい。

「よし、やってみようぜ」

俺は決断した。

「珍しい仕事だし、なんかこっから別の仕事に繋がるかもしれねえじゃん」

「おお」

Ａ太は嬉しそうに笑った。

「前向きだな、Ｂ介。俺、そういうの好きだぜ」

そんなわけで、俺たちはいつものヤカラスタイルで、女子高の校門前に立っている。

かなりのお嬢様学校らしく、落ち着いた雰囲気のきれいな校舎と、柄物の龍が天を翔けるスカジャンのＡ太とのギャップが半端ない。まあ、俺も人のことは言えない格好をしているのだが。

下校時間らしく、さっきから制服の女子高生たちがぞろぞろと通り過ぎていく。

みんな、俺たちを見てぎょっとした顔をして、それから目をそらしてまるで何も見なかったような顔でそそくさと去っていく。

うん、これはあれだ。道路に何かが落ちてるのを見つけて、何だろうと思ってちゃんと見たら犬のうんこだったときみたいな。そんな顔。

「まだかな、ヒロイン」

Ａ太が貧乏ゆすりをしながらパチモンの腕時計を見る。

「そろそろだよな、時間的に」

「ああ。もう来ると思うぜ。黒髪ロングの子……」

「黒髪かー……じゃあここだと目立つな」

そう。黒髪は目立つ。

何故かと言えば、さっきから出てくる女子高生たちの髪の毛がすごくカラフルなのだ。青や赤、緑、紫。オレンジにピンク。金も銀もいる。

お嬢様学校らしく、髪型自体はごくおとなしめなボブやショートが多いのだが、髪の毛の色はとにかくペンキをばらまいたみたいにカラフルだ。なんなら俺たちの茶髪が一番おとなしいくらいの勢いだ。

まあ、そういう物語世界なのだろう。よくあるというほどでもないが、ないこともない。だから、ここで黒髪の子というのは、逆に目立つ。

そろそろかな。俺が校門の内側を覗き込んだとき。

「おい、見ろB介」

A介が険しい声を上げた。

「あれを」

「え？」

振り向くと、A太は空を指差していた。つられて見上げると、太陽。まぶしっ。

だけど、その太陽に。……え？　えっ？

「お日様に、顔がある」

そうなのだ。太陽がサングラスをかけて笑っている。なんだ、これ。どういう世界観だよ。

「そうか、分かったぞ」

ぽかんとする俺とは対照的に、A太は何かに気付いた顔をする。

「おい、B介。気を付けろよ」

「は？」

「この物語は」

A太がそう言いかけたとき、俺たちの横を、長い黒髪を風になびかせながらすらりとした少女が通り過ぎていくのが見えた。

あの子だ！

骨の髄まで染みついたナンパモブの習性で、身体が勝手に動いていた。A太を押しのけて前に出る。満面の笑みと、くねくねした動き。無意識にこれができる自分を褒めてやりたい。

「ねえ、君ちょっといいー？」

「えっ」

驚いたように女の子が足を止める。可愛い。今までここを通り過ぎていった他の生徒たちが俺たち同様のモブなのだと確信できるこのオーラ。間違いない。この子がヒロインだ。

「君、めちゃくちゃ可愛いよね。俺たちとこれから遊びに行かない？」

「そうそう。俺ら面白いところ色々知ってるからさぁ」

流れるようにA太が加わってくる。だけど、その声が微妙に震えている気がする。どうした。

「えっ。あの、えっと」

顔を真っ赤にした女の子が後ずさりする。

「えー、どうしたの。逃げないでよー」

俺がへらへら笑いながら距離を詰めると、A太は腰が引けたみたいに、俺の後ろにすすっと隠れる。どうしたどうした。

「あの、困ります」

「そう言わないでさぁ」

俺が彼女の肩に馴れ馴れしく手を置いた瞬間だった。ひっ、と女の子が息を呑んだ。と思ったら、絶叫。

「いやあああ!!」

それと同時に彼女の両手が、ぎゅううううん、という音とともに輝いた。

えっ？

「ごめんなさい！　私、男の人に触られると能力が解放されちゃうんですっ‼」

「は？」

きょとんとする俺の後ろで、Ａ太が囁いた。

「Ｂ介、歯ぁ食いしばれっ」

「え？」

どごん‼‼‼


何が起きたのか分からなかった。

気がつくと俺は空の上にいた。いや、比喩とかじゃなくてほんとに。

遥か上空何千メートルだか知らないが、そんなところまで一瞬で噴き上げられていた。

ああ、日本列島って本当にこんな形してるんだなー。ちゃんと肉眼で見るの初めてだ……。そんなことを思っちゃうくらいの高さ。

横を見ると、同じように吹っ飛ばされたＡ太が浮いていた。

「Ａ太、これ何」

「ギャグ小説だったんだ」

Ａ太は言った。

「見ろ」

そう言って、空中で身体をよじって太陽を指差す。

グラサン姿の太陽は、ちょこんと突き出した手（なぜか手袋をしている）で俺たちにサムズアップをしてくれた。

「ギャグ……小説？」

「ああ」

A太は頷く。

「飛ぶのはここまでだ。落ちるぞ」

次の瞬間、最高点に達したらしい俺たちは今度はすごい速度で落下を始めた。絶叫系アトラクションなんてもんじゃない落下感、いや、無重力感？　よく分かんないけどとにかく股間がすうってするやつ。あれの大魔王版みたいなやつ。

「ああああぁぁぁぁ！！！」

もしかして、条件に書いてあったやつってこれのこと？

え？　ばかなの？　これって死ぬよね？　絶対死ぬよね？　っていうかそもそも何千メートルも噴き上げられて今生きてること自体が不思議なんだけど。

なす術もなく俺たちは落ちていく。地面が急速に近付いてくる。

あ、これズーム機能みたい。ウェブのマップを一気にズームしたときみたい。

とか言ってる場合じゃなくて。

落下地点、判明。さっきの女子高の校門前だ。

「うわあああああぁぁぁぁぁぁ！！！」

ぐさり。俺たちはアスファルトを突き破って、槍投げの槍みたいに頭から地面に突き刺さった。

うごごごご。苦しい。土が口に。鼻に。

だけど身体はぴーんと突っ張ったままで動かない。両腕は身体の横にぴったりと固定されている。何これ、何これ。

「ナガセさん、あなたまたやったの!?」

「ふえぇん、ごめんなさーい」

「もう。こんなところ誰かに見られたらどうするのよ！」

「だってぇ」

近くからそんな会話が聞こえる。え、あの。どうでもいいですけど、僕らの救助の方を……。

「もう。本当に気を付けなさいよ！　あなたがうかつにその力を解放すると、世界が滅びるかもしれないのよ！」

「分かったから、そんなに怒らないでよぅ」

「まったくもう。今日もこれから特訓よ。どうにかしてパーティの日までにコントロールできるようになってもらわないと。男に触られるたびに世界の危機になってたんじゃたまったもんじゃないわ」

「お手柔らかにお願いしますぅ」

二人の声はだんだんと遠ざかっていく。

え。あの、救助……。

しばらくすると急に身体の力が抜けた。物語世界から抜けた感覚。ようやく俺は地面から頭を引っこ抜いた。同じようにちょうど頭を引っこ抜いたところだったA太と目が合う。

顔中泥だらけで、爆発コントの後みたいなひでえことになっている。

「A太、顔がすげえことになってるぞ」

「お前もな」

やっぱり俺もか。いや、そんなことより。

「……ところで俺たち、どうして生きてんの?」

落命手当どころか消滅手当が追加で出てもおかしくない衝撃だったように思うんですが。

「あれがギャグ小説だったからだ」

A太は真面目な顔で言った。

「ギャグ小説？」

「ああ。ギャグ小説だから、異世界物も真っ青のとんでもない誇張表現が出てくるんだよ。ギャグが滑ってツッコまれただけで地平線の彼方まで吹っ飛ばされたり、ヒロインの怒りの鉄拳で地球が割れたりする」

「やべえ」

「でも、全てはギャグとして処理される。だから被害は一瞬で修復されるし、誰も死なない」

「すげえ」

ギャグ小説、すげえ。

「俺も久しぶりだったから、ちょっと忘れかけてたぜ」

A太は首に手を当ててぐりぐりと回す。

「ギャグ小説のお日様にはだいたい顔があるから、そこで判断しろ」

「へえ」

そういうもんなのか。

俺は顔の土を払った。確かにひどいざまだがかすり傷一つない。ギャグ小説、まじすげえ。

「でもいいな、これ。モブにしてはすげえ派手だったし、怪我もしないし。俺、これからギャグ小説のモブで食っていこうかな」

　俺の言葉に、A太は渋い顔をする。

「やめとけやめとけ」

「なんでだよ」

「ギャグ小説に慣れすぎるとな、狂うんだよ。感覚が」

　A太は声を潜めた。

「俺たちにはさ、これくらいまでは大丈夫だけどここから先はヤバいなっていう、モブ特有の生死感覚みたいなのがあるだろ？　ギャグ小説にばっかり出てると、何されても全然死なないもんだからその感覚がズレまくって、ほかの小説で使い物にならなくなるらしいんだよ。挙句の果てに現実でまで、車に轢かれたってどうせ道路で一回バウンドして終わりだろ、みたいな感覚になって、昔そのせいで実際にでかい事故が……」

「分かった」

　俺は手を挙げてA太の言葉を遮った。

「分かった。よく分かった」

　ただでさえ現実と感覚がズレ始めている俺たちだ。そんなことになったらまともな日常生活を送れなくなりそうだ。やめよう。

　やっぱりどんな仕事にも大変なことはあるもんだよな。そんなことを考えた時。

「ちょっと君たち」

急に、背後から声を掛けられた。振り向くと、制服の警察官が立っていた。

制服モブのジュンさん……じゃないな。

「こんなところで座り込んで何やってるの」

「え？」

そう言われて思い出す。そうだ。ここは女子高の正門前だった。

いつの間にか俺たちが地面に開けた穴は消え失せていた。顔の泥汚れも消え、残っているのはヤカラスタイルの俺たちだけ。そう。これは紛うことなき不審者だ。

「女子高の校門前に座り込んでる二人組がいるって通報があったんだけど」

警察官は俺たち二人をじろじろと眺めまわす。

「この学校に何の用？」

「あ、違うんです」

本物の警察官じゃねえか。慌てて立ち上がって、えへへ、と愛想笑いする。

「めまいが、そう、めまいが急に」

「そうなんです、くらっと」

「二人同時に？」

警察官の顔が険しくなる。

「そうなんです、二人同時に」

「そうですそうです」

「いや、そんなわけないよねえ」

警察官の口調が平板になってくる。ああ。これは長くなるやつだ。だからこんなところでナンパすんの嫌だったんだよ。

俺はA太と顔を見合わせて、ため息をついた。

あとがき

いつの間にか、すっかりしょぼくれた大人になっていたのです。

あ、外見の話ではありません。

外見の方はまあ昔から大体しょぼくれていて、人生の大半をしょぼくれた感じで過ごしてきたので、それについて今さら改めて何かの感慨を抱いたりは特にしないのです。

そういうことではなく、こんな私でも若い頃はそれなりに反骨心といいますか、やってやるぜ、今に目にものみせてやるぜ、というような気概を持っていた気がするのです。あくまで本人比なので、他の人と比べてどうかとかは分からないのですが。

たとえば学園ものの漫画を読めば、主人公の生徒に感情移入して、「なんて嫌な教師なんだ！」「これだから大人は汚いぜ！」なんて思っていた気がします。遠い記憶ですが。

しかし最近はすっかりしょぼくれた大人の論理が身体に染みついてしまったためか、若さ溢れる主人公よりもその周囲で右往左往する大人たちの方にばかり感情移入してしまいがちで。

フィクションでまで、「そうはいっても、この人にだって生活があるだろうよ」「そりゃできれば面倒なことはしたくないよな。気持ちは分かるよ」「あー、こんなに暴れちゃって。後片付け、誰がするの」「この人、この後上司にめっちゃ怒られるんだろうな」みたいな、夢のない感想ばかりを抱いてしまうわけです。

とはいえ、抱いてしまうものは仕方ない。こんな思考もポジティブに突き詰めていけば、それはそれで面白いのかもしれないな、とそんなことを考えて書いたのが、この作品です。

自分がまだ世界の中心にはいないことを知りつつも、いつかは俺だって、と熱い思いを胸に拳を握り締める主人公は間違いなくかっこいいけれど、世界は中心だけじゃ成り立たない、その周りを支える人間にだってそれぞれの生活とプライドがあるんだぜ、と人知れず踏ん張る主人公もきっとかっこいいだろうと思うのです。

うまく表現できているかは分かりませんが、読んでくださった方の心に何か少しでも残るものがあればとても嬉しいです。


最後になりますが、この作品を見出してくださった編集の染谷さま、作品の登場人物たちを素晴らしいイラストで描き出してくださったイラストレーターの成海七海さま、いつも支えてくれる家族や友人たち、ウェブで応援してくださった読者の方、そしてもちろん、この本を手に取って読んでくださったあなた、そしてそして、今日も日の当たらない場所で人知れず誰かがやらなければならない仕事をこつこつとこなして社会を動かし続けている全ての皆さまに、心からの感謝を。

二〇二四年三月　吉日　やまだのぼる

PASH!文庫

追放された商人は金の力で世界を救う

［著］駄犬　［イラスト］叶世べんち

勇者亡き後、世界を救うのは――金（カネ）!?

Sランク冒険者パーティーの一員でありながら、不人気職“商人”のトラオ。戦力として微妙な上に、金の使い込みがバレて「おまえはクビだ！」と追放されてしまう。仕方なくトラオは金の使い込み先だった女子達と組んで魔王討伐を目指す。しかしその初仕事はなんと全滅した旧パーティーの遺体から装備を回収するというもので……!?　「関係ないよ。もう仲間でも何でもないないんだから」。金にモノを言わせた商人の非人道的魔王討伐譚が始まる！

PASH!文庫

この本を読んでのご意見・ご感想・ファンレターをお待ちしております。

〒104-8357 東京都中央区京橋 3-5-7
(株)主婦と生活社 PASH!文庫編集部
「やまだのぼる先生」係

PASH!文庫

※本書は「小説家になろう」(https://syosetu.com)に掲載されていたものを、改稿のうえ書籍化したものです。
※この作品はフィクションであり、実在の人物・団体・法律・事件などとは一切関係ありません。

ナンパモブがお仕事です。

2024年3月11日 1刷発行

著　者　**やまだのぼる**
イラスト　**成海七海**
編集人　山口純平
発行人　倉次辰男
発行所　株式会社主婦と生活社
〒104-8357 東京都中央区京橋 3-5-7
[TEL] 03-3563-5315(編集) 03-3563-5121(販売)
03-3563-5125(生産)
[ホームページ]https://www.shufu.co.jp
製版所　株式会社明昌堂
印刷所　大日本印刷株式会社
製本所　小泉製本株式会社
デザイン　AFTERGLOW
フォーマットデザイン　ナルティス(原口恵理)
編　集　染谷響介

 ISBN 978-4-391-16124-3